거인들이 사는 나라

얼른 어른이 되고 싶은
아이들과
다시 아이가 되고 싶은
어른들에게
·
신형건

거인들이 사는 나라

신형건 시 | 강나래·안예리 그림

끝없는이야기

차례

제1부 거인들이 사는 나라

제2부 물음표가 있는 이야기

제3부 가랑잎의 몸무게

제4부 아버지의 들

제5부 조그만 이야기

제1부

거인들이 사는 나라

초인종

꼭 닫혀 있는 줄 알았는데
그게 아니었구나.
가까이 다가가 보니
네 마음의 문은 빠끔 열려 있구나.
얼른 활짝 열고 싶지만
잠깐만 꾹 참을 테야.
그 대신, 문가에 있는 초인종을
가만히 누를게.
내 마음이 너를 부르는
기쁜 이 소리가 들리지 않니?
잘 들리지?
그럼, 어서 문을 열어 주렴!

사랑을 담는 그릇

별을 보면
난 이런 생각이 들어.
처음에, 하늘은 아주 커다란 그릇에
담겨 있었을 거라는.
언젠가, 그릇이 깨어져
하늘은 쏟아져 버리고
그 사금파리들은 별이 되어
하늘에 둥둥 떠다니게 된 게 아닐까?
그렇다면
하늘의 별들만큼이나 많은
세상 사람들, 그들도
여럿으로 나누어지기 전엔
하나의 무엇이 아니었는지 몰라.
아마도, 사랑을 담는 큼직한 그릇이었겠지?

욕심

네 마음속에
풍선이 하나 들어 있지.
네가 불어 주지 않아도
저절로 커지는 풍선.
갖고 싶은 것이 늘어날 때마다
조금씩 조금씩
소리 없이 커지는 풍선.
얼마나 큰지 그 누구도
잘 알 수 없지만
그 풍선은 너무 작아도 밉고
너무 커져도 좋지 않아.
그래, 그래,
네가 가지고 노는 풍선만큼
꼭 그만큼이면 가장
보기 좋단다, 꼭 그만큼이면.

거울 속의 나

거울에 비친 내 모습은
나를 쏙 빼어 닮았지만 어딘가
다른 데가 있는 것 같아.
−넌 왜 이리도 못생겼니?
거울 앞에 선 내가 툭 쏘아붙이면
나보다 먼저 픽 웃어 버리는
거울 속의 나.
내가 통통 부은 얼굴을 하면
−너 땜에 나도 미워지잖니!
소리 없는 말로 꾸짖는
거울 속의 나.
내가 자꾸 거울 앞에 서는 건
결코, 예뻐지고 싶어서가 아냐.
거울 속에 있는 나를 보고 싶어서지.
정말이야, 정말이라구.

거지

배가 고프다고 보채면 엄마는 이렇게 말하지.
－네 배 속엔 커다란 거지가 들어 있구나!
정말인가 봐, 쪼륵쪼륵 신호를 보내오는 걸 보면.
아마, 그 거지는 성미가 급하고 꽤 솔직한 모양이야.
배가 고플 때면 어김없이 소리를 치거든.
－쪼륵, 밥 좀 줘! 쪼르륵, 빨리빨리!
그렇다면 말야, 배 속에 거지가 정말 있다면
내 마음속에도 거지가 들어 있지 않을까?
그래, 그 거지는 게으르거나 참을성이 많은가 봐.
마음이 고플 때도 분명 있을 텐데
배 속에 있는 거지처럼 소리를 낸 적이
아직, 한 번도 없거든.

문이 웃는 소리

문이 웃는 소릴 들은 적이
꼭 두 번 있지.
-아가야, 문 닫아라. 찬바람 들어온다.
할머니 방문을 조심스레 닫아 드렸을 때
쿵, 하고 문이 작게 웃었어.
그건 지난겨울의 일이야.
그리고, 바로 오늘 저녁
밖에서 늦게 돌아와
잠겨 있던 내 방문을 열었을 때였어.
살며시 밀었더니 문은
삐그덕, 하고 반갑게 웃더구나.
그처럼 문은 가끔, 아주 가끔 웃는 걸까?

안절부절

난로 위에 앉은 주전자가
무슨 말을 하려는 건지
통 알 수가 없어.
간지럼을 타는 것처럼
뚜껑을 달싹거리고
도저히 못 참겠다는 듯
허연 김을 뿜어 대니.
좋아서 그러는 건지
화가 난 건지
통 알 수가 없어.
─왜 그러니?

빗장

네가 나를 보고 웃어도
왠지, 가슴이 뜨끔했었지.
집에 와서 찬찬히 살펴보니
내 마음에 빗장이 질려 있더구나.
네가 웃을 때마다 그 빗장은
깜짝깜짝 놀랐었는지
많이 느슨해져 있지 않겠니.
방금, 난 그걸 힘껏 빼 버렸단다.
내일은 너를 만나도
멋쩍어하지 않을 거야.
너를 보면 내가 먼저
활짝 웃을 테야.

그림자

친구야, 우리 나란히 어깨동무하고
함께 노래하며 걸을 때
작은 내 키만큼 낮은 네 목소리와
큰 네 키만큼 높은 내 목소리
곱게 섞이어 푸른 하늘로 울려 퍼지고
네 뒤를 따라다니는 긴 그림자와
내 뒤에 붙어 다니는 짧은 그림자
하나로 포개어지는 걸
넌 본 적이 있니?
친구야, 그렇게 포개어진 그림자가
우리 손 흔들며 헤어질 때
서로 바뀌어
내 그림자를 너희 집으로
네 그림자를 우리 집으로
데리고 가는 걸 알고 있니?
떨어져 있어 보고픈 동안
우린 서로 바뀐 그림자를 가진다는 걸

난 오늘에야 알았단다.

거인들이 사는 나라

단 하루만이라도 어른들을 거인국으로 보내자. 그곳에 있는 것들은 모두 어마어마하게 크겠지. 거인들 틈에 끼이면 어른들은 우리보다 더 작아 보일 거야. 찻길을 가로지르는 횡단보도는 얼마나 길까? 아마 100미터도 넘을 텐데 신호등의 파란불은 10초 동안만 켜지겠지. 거인들은 성큼성큼 앞질러 건너가고 어른들은 종종걸음으로 뒤따를 텐데…… 글쎄, 온 힘을 다해 뛰어도 배가 불뚝한 어른들은 찻길을 다 건널 수 없을걸. 절반도 채 건너기 전에 빨간불로 바뀌어 길 한복판에 갇히고 말 거야. 뭘 꾸물거리느냐고 차들은 빵빵거리고 교통순경은 삑삑 호루라기를 불어 대겠지. 이마에 흐르는 땀을 훔쳐 내며 어른들은 쩔쩔맬 거야. 그때, 어른들은 무슨 생각을 하게 될까?

도리질 엄마

난 지금부터
'안 돼'와 '그래'를 바꾸기로 했어.
그렇게 해서라도 늘
도리질만 치는 엄마한테
내가 옳다는 말을 듣고 싶어.
어라, 그런데 이걸 어쩐다지?
도리질 치는데 지쳤는지
엄마가 텔레비전 앞에서 졸고 있네.
끄덕끄덕 그래그래
그래그래
끄덕끄덕.

잠꼬대

엄마, 난
만화가 싫은데
텔레비전도 싫은데
걔네들이 자꾸 그러는데
날 좋아한대.
매일 같이 있고 싶대.
엄마, 난 정말이지
공부가 무지무지 좋은데
친구가 되고 싶은데
글쎄, 그 녀석이
날 싫어한대.
꼴도 보기 싫대.
어떡하지……

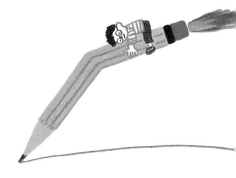

걱정거리

어느 날 갑자기, 안경이 나를 벗어 버리면 어쩌지?
신나는 만화 영화를 보고 있는데 불쑥 그러면 어쩌지?
어느 날 갑자기, 의자가 나를 내려놓으면 어쩌지?
공부 시간에 딴생각한다고
너 같은 앤 내 위에 앉힐 수 없다고 하면 어쩌지?
어느 날 갑자기, 침대가 나를 밀어내면 어쩌지?
잠버릇이 고약하다고, 곤히 잠들어 있는데
별안간 밀어내면 어쩌지?
정말이지 어느 날 갑자기
엄마가 날 모르는 척하면 어쩌지?
너 같은 말썽꾸러긴 내 아들이 아니라고
대문 밖으로 내쫓으면 어쩌지?
그땐 정말 어떡하지?

무작정

무작정 따라가 보기로 했어
우리 집 담벼락에 그려진 화살표를.
누군가 분필로 연달아 그려 놓은
화살표가 가리키는 대로, 무작정.
골목 끝에서 모퉁이를 돌아
세탁소를 지나고 이발관을 지나
끊임없이 이어진 화살표들이
이끄는 대로, 무작정 따라갔어.
아무 생각 없이 우리 학교
긴 담벼락을 다 지나고 문방구를
지나고 교회 옆을 지나, 무작정
또 모퉁이를 돌고 쌀 가게를 지나
시커먼 연탄 가게까지 갔어.
마침내 끝이 났어, 그 화살표들은
빈터가 시작되는 곳에서
무작정 앞을 가리키며
무작정 따라간 나를 놀리려는 듯

이런 낙서를 삐뚜름히 달고서.
−넌 바보다!

놀이터

　어제 저녁, 우리 마을 놀이터에 무슨 일이 있었는지 아니? 아이들이 모두 집으로 돌아가자, 어둠은 텅 빈 놀이터에 바람아이들을 불러 모았단다.

　―이젠 우리들 차지다!

　신이 난 바람아이들은 미끄럼틀에서 쭈욱 쭉 미끄러지기도 하고, 서로 먼저 타려고 그넷줄을 흔들며 다투기도 했지.

　―우리들 몸무게로는 어림도 없군!

　시소에 올라타 용을 쓰다가는 힘없이 풀썩 내려앉고, 얼른 철봉대로 달려가다가 넘어져 우는 아이도 있었어.

　―이거라면 정말 자신 있어!

　철봉에 매달려 바람개비처럼 팔랑팔랑 돌던 바람아이들은 어지러워, 어지러워서 그만 모래밭에 나뒹굴고 말았지.

　―이젠 뭘 할까? 그래! 그러자!

　또 무얼 하려는지 바람아이들은 발딱 일어나서 정글짐으로 힘차게 달려갔단다.

낙서

하얀 페인트로 담벼락을 새로 칠했어.
큼직하게 써 놓은 '석이는 바보'를 지우고
'오줌싸개 승호' 위에도 쓱쓱 문지르고
지저분한 낙서들을 신나게, 신나게 지우다가
멈칫 멈추고 말았어.
담벼락 한 귀퉁이, 그 많은 낙서들 틈에
이런 낙서가 끼여 있었거든.

영이가 웃을 땐 아카시아
향내가 난다
난 영이가 참 좋다
하늘 만큼 땅 만큼

가끔

늘 그런 건 아니지만 가끔
빨간불이 켜져 있는데 길을 건너고 싶어.
가끔 학교에 가기 싫을 때도 있고
일부러 숙제를 안 하기도 해.
갑자기 나보다 덩치가 큰 뚱보한테
괜히 싸움을 걸고 싶고 가끔
아무런 까닭 없이 찔끔 눈물이 나.
그래, 항상 그렇진 않지만
만화가 보기 싫어지기도 하고
공부가 막 하고 싶기도 해.
어느 땐 술 취한 어른들처럼
길가에 쉬를 하기도 하고
아무 집 초인종이나 마구 누르고 싶어.
늘 다니던 골목길이 낯설어 보이고
갑자기 우리 집을 못 찾을지도
모른다는 생각이 들어.
어쩌다 엄마가 너무 잘해 주는 날이면

퍼뜩, 난 주워 온 아이라는 생각이 들고
집을 뛰쳐나가고 싶기도 해.
그래서 아무 데고 막 가 보다가도
결국은, 나도 모르게 우리 집으로
발길을 돌리곤 하지.
가끔, 아주 가끔.

지구 들기

이 엄청난 지구를 번쩍
드는 방법을 가르쳐 줄까?
손으로 땅바닥을 짚고 힘껏
물구나무를 서 봐.
그런 다음, 두 발로 하늘을
단단히 딛고 그 무거운 지구를
두 손으로 받쳐 드는 거야.
네가 용을 쓰는 순간
바다는 갑자기 더 출렁이고
놀란 새들은 푸드득 날아오르겠지.
사람들은 지진이 난 줄 알 거야.
그러니까 아주 살살 들어야 해.
팔이 후들거려서 오래
견디지 못하겠지만 잠깐이라도
분명히 넌 지구를 든 거라구.
정말 지구는 무겁지?
너무 무겁지?

요술 손

읽기 따분한 책이 있거들랑
다 내게로 가져오렴.
난 요술손을 가지고 있거든!
한 손으로 책을 들고 툭툭 털면
깨알 같은 글씨들이 우르르 쏟아진단다.
책은 공책처럼 흰 종이로 변하고
떨어져 나온 글씨들은 소복이 쌓이지.
이 글씨들로 무얼 만들어 줄까?
그래, 연필을 만드는 게 좋겠구나.
내 손으로 글씨들을 꼭꼭 뭉치면
금세 길쭉한 연필이 만들어지지.
자, 다 만들어졌다.
이 공책과 연필을 가져가렴.
이제부턴 네 마음대로야!
무얼 할래? 응?

제2부
물음표가 있는 이야기

별똥

사람들은 참 이상도 하지.
하늘을 우러러보며 아름답다, 아름답다
할 땐 언제고, 어쩌다
별들이 빛을 잃으며 떨어지기라도 하면
이젠 별 볼 일 없다는 듯
'똥'이라고 부르니.
별아, 떨어지지 말거라.
사람들이 사는 이 땅엔
떨어지지 말거라.

뽐내지 마

노랑 빨강 파랑 풍선 풍선 풍선이
서로 잘났다고 고개 빼들며 뽐내지만
다 소용없는 일이야.
어디 제힘으로 뱃속을 채웠나
남이 불어 주어서 그런 모습이 됐지.
주둥이에 맨 실을 풀어 볼까, 어찌 되나?
가시에 한번 찔려 볼래?
빵!

도깨비 방망이

야! 큰일났다, 큰일났어! 도깨비들이 방망이를 잃어버렸대. 바로 엊저녁에 서울 나들이를 나왔다가 한꺼번에 열두 개나! 어디서 잃어버렸냐구? 글쎄, 도깨비들도 잘 모르겠대. 혹시 남산 중턱쯤이 아니었을까? 관악산 밑 사당동쯤? 어쩌면 여의도 63빌딩 옆에서? 아니면 잠실 야구장 근처였을까? 여기저기 다 뒤져 보았지만 하나도 안 보이더래. 벌써 누가 가져간 게 아닐까? 그걸로 가짜 도깨비 노릇을 하고 있지 않을까? 정말 큰일이야! 마음씨 고약한 사람이 그 방망이로 단번에 한강 다리들을 다 지워 버릴지도…… 어느 장난꾸러기가 남산 타워를 아이스크림으로 만들어 버릴지도…… 늘 병살타만 치던 야구 선수가 갑자기 딱! 장외 홈런을 날릴지도…… 아니 그보다도, 누군가 관악산 밑 달동네를 하루아침에 다 부숴 버릴지도 몰라. 진짜 도깨비들은 절대로 그런 짓은 안 하는데…… 야! 큰일이다, 큰일이야! 빨리 도깨비 방망이를 찾아내자. 세상이 뒤죽박죽되기 전에 얼른 진짜 주인에게 돌려주자!

쉬잇, 말조심!

사나운 말이
네 입에서 뛰쳐나가려고
히힝거리는구나!
저런! 콧김을 푹푹 내뿜고 있네.
어금니를 꽉 물어!
그놈의 고삐를 바투 움켜쥐어야 해.
입 밖으로 내보내면 큰일 나!
영영 돌아오지 않을 테니까!
그뿐인 줄 아니?
민이의 꽃밭을 망쳐 놓을 거야.
욱이의 풀밭을 마구 짓밟을 거야.
그럼 정말 큰일이야!
그 말이 고분고분해질 때까지
꼭 잡아!
꾹 참아!

가위

−에그, 가위에 눌렸나 보구나!
어젯밤에 잠을 자다가
가슴이 막 답답해서 간신히 깨어났더니
엄마가 그러셨어.
그래서, 오늘은 그 가위를
요 밑에 넣고
내가 누르고 자기로 했지.
−엄마, 반짇고리 어디 있어요?

어른

내가 아주 어렸을 땐
키가 크기만 하면 다
어른인 줄 알았는데,
또 얼마 전까지만 해도
나이가 많으면 다
어른인 줄 알았는데,
지금은 이도 저도
다 아닌 것 같아.
어른? 어른?
아른아른.

둘리에게

우리들의 좋은 친구 둘리야
길동이네서만 있지 말고
어른들이 보는 신문에도 놀러 오렴!
우리 아빠는 신문 한 귀퉁이에 나오는
네 칸짜리 만화를 제일 좋아하지만
—야, 그거 숨통이 탁 트이는구나!
하며 무릎을 치기도 하지만
그 시사만환지 뭔지는 너무 시시해.
우리들의 귀염둥이 둘리야
또치랑 도우너랑 데리고 어서 놀러 오렴!
재미없는 백담사 얘기만 늘어놓는
두꺼비아저씨랑 왈순아지매는
백담산지 천담산지로 쫓아 보내고
네가 그 자리를 차지하렴.
어서 와서 초능력도 보여 주고
맘대로 방귀도 뽕뽕 뀌어 대며
신나게 뛰어놀려무나!

둘리야, 또치야, 도우너야
너희들이 놀러 오면 우리 아빠는
팔짝팔짝 뛰며 좋아할 거다
배꼽이 빠져 달아날 거다.

시간의 말

도망치지 못하게 어서
내 다리를 꼭 잡으렴.
바짓가랑이를 붙들고 늘어지면
난 열쇠가 되어 줄게.
네가 무슨 일이든지 열 수 있도록
만능열쇠가 되어 줄게.
잠시라도 한눈팔면 안 돼.
그럼 난 냉큼 달아나서
자물쇠가 될 거야.
네가 하려는 일들을 모두
꼭꼭 잠가 버릴 거야.
내가 얼마나 빠른지 잘 알지?
도망치기 전에 어서
나를 꼭 잡으렴!

뜸

그렇게 자꾸 보채지 말고
조금만 더 기다려 보렴.
아직 뜸이 덜 들었어!
지금 내 마음은 밥솥처럼
보글보글 끓고 있거든.
마음속에서 김이 폭폭 솟아오르고
그때마다 열릴 듯 열릴 듯
솥뚜껑처럼 달싹거리는 내 입!
보이지? 그럼 조금만 더 기다려.
이제 곧, 내 입이 크게 열리고
잘 익은 말이 새 나가면
그 순간, 넌 실눈을 뜨고
코를 벌름거리게 될 거야.
내 말에선 분명 맛있게 뜸 든
밥 냄새가 날 테니까!

메아리

네가 소리쳐 부르면
난 우뚝 산으로 설래.
네 목소린 내 마음속에
깊이깊이 울려 퍼지겠지.
그걸 메아리로 돌려보낼래.
─너를 좋아해!
─너를 좋아해!
─정말이야!
─정말이야!
그러다 가끔 넌 장난도 치겠지.
─널 미워해!
그럼 난 움찔 놀랄 거야.
하지만 난 흉내쟁이가 아냐.
얼른 또 다른 메아리를 만들래.
─그래도 난 널 좋아해!

기웃거리는 까닭

어제저녁에 난
늦잠 자는 게으름뱅이 별들을 찾아다녔어.
고롱고롱 코 고는 고 녀석들 몰래
옷에 달린 단추를 하나씩 떼어 왔지.
그랬더니 글쎄, 한밤중에야
부시시 깨어나던 녀석들이
오늘은 초저녁부터
반짝 눈을 뜨지 않겠어.
그러곤 자꾸 내 창가를 기웃거리지 뭐야!
어떡할까? 돌려줄까, 말까?

시계 소리

잠자리에 누우면
째깍째깍 시계 소리가
점점 더 또렷하게 들려와.
또박또박 걸어와서는
내 귓가에 속삭이지.
―자장가를 불러 줄게, 어서 자렴!
그런데 참 이상도 하지.
그 시계 소리가 문득
내 앞으로 먼저 훌쩍 달아났다가
다시 내 뒤로 와선
등을 막 떠미는 것처럼 느껴져.
그러다가는 또 나란히
어깨동무를 하는 것 같아.
그래! 시계 소리와 함께
나는 어디론가 가고 있구나.
이 캄캄한 밤을 지나
내일로 가고 있구나!

연못

풀잎 위에서 이슬이 맑은 눈을 뜨는 새벽, 아버지를 따라 물꼬를 보러 들에 나갔다가 보았지. 들판 한 귀퉁이에 있는, 누군가 잃어버린 손거울처럼 작고 동그란 연못을.

언제부터 여기에 놓여 있었을까? 누가 가져다 놓았을까? 아, 그러다가 또 보았지. 물방개 한 마리 물 위에 떠올라 기지개 켜고 들어간 뒤, 마알개진 연못에 오롯이 비치는 얼굴 하나를.

구름 한 점 없는 파란 하늘이 그 커다란 얼굴을 비춰 보고 있었어. 어느 누구도 눈여겨보지 않는 그 조그만 연못은, 하늘이 숨겨 둔 손거울이었던 거야.

마음속까지도 환히 비춰 보고, 이만하면 됐지! 하며 하늘은 또 하루를 시작하고 있었지. 풀잎 위에서 이슬이 맑은 눈을 뜨는 새벽.

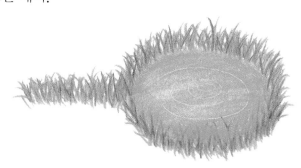

언젠가 한 번은

갑자기, 높다란 공장 굴뚝에서 꽃들이
몽개몽개 피어나선 하늘로 떠올랐어.
그러곤 꽃구름이 되어 두둥실……
갑자기, 자동차들의 뒤꽁무니에서
향긋한 꽃냄새가 폭폭 내뿜어지고……
갑자기, 길바닥에 뒹굴던 휴지들은
팔랑팔랑 나비가 되어 하늘로 훨훨……
갑자기, 길 가던 사람들도 한 치쯤
공중으로 떠올라 양팔을 휘저으며 뾰롱
삐리리 새들처럼 즐겁게 지저귀고……
그 순간, 도시의 빌딩들은 초록초록
초록 무성한 숲으로 출렁이고……

물음표가 있는 이야기

어느 바닷가에서 있었던 일이야. 마침 피서 철이라서 많은 사람들이 모여 있었지. 갑자기, 아주 갑자기, 먼 바다 한가운데서 수평선이 물구나무서듯 수직으로 기우는 것이었어. 보는 이가 없었다면 아마 오래오래 그랬을 텐데, 많은 사람들이 환호성을 지르자 바다는 이내 본래의 모습으로 되돌아갔지. 그런데 문제는 바로 그 다음에 일어났어. 두 편으로 갈라진 사람들이 서로 소리치며 싸우기 시작했거든. ─저건 수평선이 정신을 잃고 얼핏 쓰러진 거야! ─아냐! 누워 있던 수평선이 힘을 내어 잠깐 일어선 거라구! 하고 말이야. 넌 어떻게 생각하니?

꿈꾸는 나무들

어느 날 나무들이 뿌리를 땅 위로 드러내 놓고 걷기 시작했지. 문어발 같은 뿌리들이 좀 낯설긴 했지만 그 모습은 참으로 멋있었어. 생각해 봐, 몇백 년이나 묵은 은행나무가 뒷짐을 지고 의젓하게 걷는 걸. 잔가지와 이파리들은 할아버지의 흰 머리카락처럼 흩날렸지. 키 큰 미루나무가 냇둑 위를 얌전히 걸을 땐 어떻고. 우리 누나가 뾰족구두를 신고 걷는 것보다 훨씬 날렵하던걸. 또 소나무들이 떼지어 산에서 우르르 내려왔을 땐 정말 굉장했지. 놀란 사람들은 적이 쳐들어왔다고 도망치기도 했지만 나무들은 병정들만큼이나 씩씩하게 시가행진을 했어. 내겐 아주 신나는 일이었는데 사람들은 그런 나무들을 그냥 두고 볼 수는 없었던 모양이야. 모두 제자리로 돌려보내고 뿌리를 땅에 묻은 다음 다시는 빠져나오지 못하도록 꼭꼭 밟았어. 너무 단단한 흙으로 묶여 있어 이젠 꼼짝도 못하는 나무들, 그 나무들은 지금도 다시 자유롭게 걷고 싶어서 안간힘을 쓰고 있을 거야. 아니면 사람들은 하지 못하고 새들만이 할 수 있

는 일, 그래! 저 높은 하늘을 훨훨 날아다니는 걸 꿈꿀
지도 모르지.

수수께끼

−여기 주머니가 두 개 있어.
똑같은 주머니였는데, 지금
하나가 구멍 나고 말았어.
그럼 어느 것이 더 클까?
−그야 구멍 난 주머니지!
아무리 넣어도 넣어도
다 채울 수 없을 테니까.
−아냐, 멀쩡한 주머니야!
구멍 난 주머니는 결국
하나도 가지지 못할 테니까.
−글쎄, 나도 잘 모르겠는걸……

너도 그래?

남이 보든 말든 하품도
하마처럼 입을 크게 쩍
벌리고 해야 시원하지.
구리다고 누가 코를
싸쥐건 말건 방귀도 뽕
소리나게 뀌어야 시원하지.
밥 먹을 땐 조심해야 한다지만
코도 귀가 멍멍해지도록
팽 풀어야 시원하지.
옷이 젖는다고 엄마가
꾸지람하든 말든 세수도
어푸어푸 해야 시원하지.
겨드랑이가 뜯어지건 말건
옷도 우당탕퉁탕 벗어 던져야
시원하지, 시원하지.

우리 학교 담벼락

우리 학교 담벼락이 하품하는 걸
본 사람 있으면 손들어 봐.
아무도 없지!
난 오늘 조회 시간에 딴전을 부리다가 보았어.
언젠가 담벼락에 파란 분필로
커다랗게 문을 하나 그려 놓았는데
글쎄, 그곳을 입처럼 쩍 벌리고 하품을 하던걸.
교장 선생님이 자꾸 지루한 연설을 하니까
연거푸 하품을 해 대지 뭐야!
내가 훔쳐보는 것도 모르고 말야.

교장 선생님

빼빼 마른 우리 선생님도
교장 선생님이 될 수 있을까?
언젠가는 불뚝해진 배를 내밀며
의젓하게 뒷짐을 질 수 있을까?
목소리가 꾀꼬리 같은 우리 선생님도
교장 선생님이 될 수 있을까?
복도를 지나면서 괜스레
큼큼 헛기침을 하게 될까?
별명을 불러도 씨익 웃기만 하는
우리 선생님, 그 선생님도
나중엔 교장 선생님이 될까?
높은 조회대 위에서 무서운 얼굴로
우리들을 휘휘 둘러보게 될까?
유난히도 머리숱이 많은
우리 선생님도 머리가 벗겨지게 될까?
정말, 대머리 교장 선생님이
될 수 있을까?

팽이의 말

쉴 새 없이 때리지는 마.
그렇게 자꾸 치지 않아도
신나게 돌고 있잖아.
너도 엄마가 자꾸만
꾸지람하면 싫잖니.
이젠 정말 아무것도 안 보여.
눈이 팽팽 돌 지경이야.
쓰러질 듯 비틀거리거들랑
그때, 힘껏 때려 줘.
어쩌다 술에 취한 아빠가
토닥토닥 네 등을
두드려 주는 것처럼!
그럼, 콧노래 흥얼거리며
더 신나게 돌 거야.

매달리기

엄마는 집안일에 매달리느라
딴생각할 겨를이 없대.
그래서 화장할 틈도 없어서
늘 '요 모양 요 꼴'이라나.
회사 일에 매달리느라 지친
아빠는 맨날 술을 마셔야 한대.
그래야 스트레스가 풀린다나.
난, 겨우 체육 시간에 철봉에
매달리는 것밖에 없는데.
잠깐뿐인데도 그게
어찌나 진땀나는 일인지……
앞으로 난 또 어떤 것들에
매달려야 할까?

젊어지는 샘물

아주 오랜 옛날 깊은 산속에
마시면 젊어지는 샘물이 있었다지.
한 모금에 10년씩 젊어지는 샘물!
어떤 욕심쟁이는 너무 마셔서
아예 갓난아기가 되어 버렸다지.
그래! 엄마랑 아빠랑 그곳에 다녀오자.
꿀꺽꿀꺽꿀꺽 아빠는 세 모금 마시고
꼴깍꼴깍꼴깍 엄마도 세 모금 마시면
(에이, 난 안 마실 테야!)
야, 신나라! 아빠는 여덟 살 엄마는
여섯 살, 나보다 더 어린애가 되겠네.
아빠, 고무줄새총을 만들어 드릴 테니
저 날아가는 참새를 맞춰 보세요!
엄마, 고무줄놀이를 하세요.
폴짝폴짝 높이높이 뛰어 보세요!
아, 벌써 해가 지고 있네.
할머니가 우리를 부르러 나오셨어.

난 더 놀겠다고 떼쓰는 엄마 아빠를
달래서 집으로 데려올 거야.
그런데 말야, 내가 늦게까지
텔레비전 앞에 있으면 엄만 또
예전과 다름없이 잔소리를 하겠지.
여섯 살짜리 어린애 목소리로
—애야, 그만 자거라, 응?

제3부

가랑잎의 몸무게

연필

깊은 잠에 빠져 있는 새 연필
칼로 한 겹 한 겹 깎아 내도
여전히 잠만 잔다.
까만 심이 쪼끔 드러나자
그때서야 바스스 눈을 뜨고,
심을 뾰족이 갈고 손에 꼭 쥐니
나릿나릿 기지개를 켠다.
흰 종이에 가져가자
눈부신 듯 눈을 깜작거리다가는
종이와 닿는 순간, 비로소
소스라쳐 깨어난다.

가랑잎의 몸무게

가랑잎의 몸무게를 저울에 달면
'따스함'이라고 씌어진 눈금에
바늘이 머무를 것 같다.
그 따스한 몸무게 아래엔
잠자는 풀벌레 풀벌레 풀벌레……
꿈꾸는 풀씨 풀씨 풀씨……
제 몸을 갉아 먹던 벌레까지도
포근히 감싸 주는
가랑잎의 몸무게를 저울에 달면
이번엔
'너그러움'이라고 씌어진 눈금에
바늘이 머무를 것 같다.

철길 두 줄

　서로 등을 돌린 채 보이지 않는 곳까지 달려갔다. 들꽃이 한들거리며 말을 걸어도 둘 다 말이 없었다.

　뿌앙— 기차가 숨을 헉헉 몰아쉬며 달려갔다. 기적 소리 멀어질 때쯤 귓불을 스쳐 가며 바람이 말했다. 어디 깊숙한 터널 속에서, 아니면 산모롱이 돌아갈 때쯤에 둘이 서로의 손을 꼬옥 잡았을 거라고. 그러고는 정다운 말 한마디 건넸을 거라고.

　은빛 등을 반짝이며 나란히 나란히 철길 두 줄 달려갔다. 향긋한 들꽃의 웃음과 함께.

들길에서

들길을 가다
바람의 집에 세 들어 사는
풀꽃들을 만났다.

−너희들은 방세로 무얼 내니?

내 말이 우습다는 듯
풀꽃들은
가늣한 허리를 잡고
깔깔거리고

대신 대답이라도 하듯
바람이
나눠 받은 향기 한 움큼을
코끝에 뿌려 주었다.

바다와 갈매기

갈매기가 울 때마다 바다는 하얀 손으로 파란 주머니 깊숙한 곳에서 조가비를 꺼내어 하나씩 하나씩 모래밭에 올려놓았다.

그런 줄도 모르고 배고픈 갈매기는 칭얼대며 푸른 멍이 든 바다의 등어리를 자꾸자꾸 쪼아 대고 있었다.

미루나무

구름 따라
파아란 물 흐르는
하늘

바람 불어
푸르름 출렁이는
들판

잇고 있다

아, 하늘 향해
분수로 솟아오르는
푸른 들판

푸른 들판에
폭포로 쏟아져 내리는
파란 하늘

조약돌의 노래

아주 오랜 옛날, 우리가 거칠고 모난 돌이었을 때 하느님께서 말씀하셨지요. ―너희가 너희 이름을 제대로 부를 줄 알 때까지 너희는 몸과 마음을 가다듬어야 하느니라. 그리고 하느님께서는 우리가 누워 있는 골짜기의 맨 꼭대기에 옹달샘을 하나 마련해 주셨어요.

다 채우고도 넘쳐 흐르는 샘물은 우리 몸을 적시며 쉴 새 없이 흘러내렸지요. 그 물에 아래로 아래로 밀리면서 우리는 까닭 없이 툴툴거리기만 했어요. 다 퍼내어도 다시 괴는 샘물은 우리 마음을 달래며 끊임없이 흘러내렸지요. 그 물에 아프게 아프게 몸을 깎이면서 우리는 하느님을 원망하기도 했어요.

때로 천둥이 울어 큰물이 지면 아우성치며 떠내려가기도 하고, 까마득한 낭떠러지로 굴러떨어져 아득히 정신을 잃기도 했지요. 그러면서 우리는 점차 몸이 서로 부딪는 것도 싫어하지 않게 되었고, 서로 꼭 끌어안고

토닥여 주기도 했어요.

    그러던 어느 날, 우리는 깨달았지요. 우리 몸이 물새 알처럼 모 하나 없이 둥근 모습이라는 것을. 우리 마음까지도 그처럼 평온하다는 것을. 마침내 우리 입술에선 하느님께서 말씀하신 대로 우리 이름을 똑바로 부르는 노래가 끊임없이 흘러나오고 있었어요. ─돌돌돌돌돌돌 돌돌……

초록 감

하얀 꽃
벙긋거리던
자리에

꼬옥
입 다물고 있는
초록 감

잎 뒤에 숨어
땡글 땡글
잘도 큰다.

가지 잡아당겨
휘어지게 하고
노을 끌어내려
온통 바알개질……

지금은
속으로 속으로만
단단하게 채우는
초록 감.

친구에게

네 마음이
연못이었으면……

조그만 돌로
퐁당
뛰어들어
동그란 내 이야기
들려주게

한 가닥 실바람 되어
사르르
물무늬 만들어
다정한 내 마음
전하게

네 마음이
조그맣고 동그란
연못이었으면.

벙어리장갑

나란히 어깨를 기댄 네 손가락이 말했지.
─우린 함께 있어서 따듯하단다
너도 이리 오렴!

따로 오똑 선 엄지손가락이 대답했지.
─혼자 있어도 난 외롭지 않아
내 자리를 꼭 지켜야 하는걸.

개망초 꽃

언제부터
너 거기에 있었니?

친구와 헤어져 혼자 가는 길
가까이 다가가 보니
낯설지 않은 얼굴

너 거기 그렇게
정말 오래오래 서 있었구나?

나와 친해지고 싶어서
아무 말 없이
내 어깨만큼 자란 키

내가 웃음을 보이지 않아도
반가워 먼저
소리 없이 웃음 짓는

네게서, 참 좋은 향내가 난다
참 좋은 향내가 난다.

연못가에서

돌을 던질 때마다
이는
잔물결이

즐거워
즐거워
웃는 것인 줄만 알았는데

친구야, 너 떠나간 뒤
이제야
깨달았다.

네 웃음 뒤에
숨겨지던
슬픔의 사금파리처럼

파르르

떨리는 아픔 보이지 않게

애써

지우려는 것임을……

편지1

글씨들이
제자리에 있지
못하는구나

하나 하나
새가 되어
작은 새가 되어

어느 것은 막 날으려
파드득 날개치고
어느 것은 벌써
훠얼 훨 날아가는구나

편지 속에 떠오르는
얼굴 하나
보오얀 얼굴 하나
웃음 짓고 있구나

새가 되어 날아간 글씨들이
입가에서
눈가에서
바알간 볼에서
화안한 웃음이 되고 있구나.

우리 가슴속에

친구야, 밤마다 우리
가슴속에
작은 연못 하나씩
마련해 두지 않을래.

어디 먼 곳에서
컹컹
개들이 사납게 짖어 대고

그 소리에 놀라
길 잃은 별들
하늘 밖으로
아득히 아득히 떨어져 내린다.

친구야, 그 커다란
하늘의 품이
미처 안아 주지 못한 별들을 위해

우리 가슴속에
동그란 거울 같은 연못 하나씩
준비하지 않을래.
길 잃은 별들 마음 놓고

첨벙
첨벙
뛰어들도록.

별을

별을
딸 수 있는 건
별빛만큼
맑은
우리 눈빛
뿐이야

별을
담을 수 있는 건
별빛만큼
밝은
우리 마음
뿐이야

별아

네게
내 맘
다
줄게

내게
네 빛
다
줄래

별의 말

언제라도
내가 긴 꼬리를 끌며 떨어질 때
너의 작은 소원을 말해도 좋지만, 그 대신
꽃 한 송이를 던져 주렴.
네 마음속에 피어 있는 꽃들 중에서
어느 것이라도
꼭 한 송이를 뽑아
내가 지는 곳을 향해 힘껏 던져 주렴.
그럼, 난 새가 되어
다시 태어날 거야.
그리고 아침마다 너의 창가에 날아가
노래를 불러 줄게.
내 빛만큼 맑고 밝은 노래를.

너와 나 사이에

너와 나 사이에
길이 있으면
그것은 오솔길

지워질 듯 지워질 듯
지워지지 않는
오솔길

너와 나 사이엔
다리 있으면
그것은 징검다리

끊어질 듯 끊어질 듯
끊어지지 않는
징검다리

풍선 하나

파아란
하늘

빠알간
풍선
하나.

…………
…………?

…………
………….

까아만
점
하나

파아란
호수.

시골길

꼬불꼬불 시골길
요리조리 숨다가

꼬불꼬불 시골길
아주 숨어 버렸네.

겨울에 듣는 참새 소리

가을 내내
얄밉게 나를 애태우며
쪼아 먹은 낟알들을
재잘거림으로 뱉어 내고 있다

짹짹짹 짹째그르르—

툇마루 양지쪽에 떨어져
소복이 쌓이는
아까운
낟알, 낟알, 낟알들

짹짹짹 짹째그르르—

다 주워 담으면
한 됫박쯤?
아니, 두어 말쯤?
아니아니, 서너 가마쯤!

텃새를 생각하며

그 어려운 남쪽 나라 말도 다 알아들을 수 있을 때쯤이면 제비들은 떠나가지요. 남쪽 산 너머로 날아가 버리는 제비들을 보며 마당가 집채만큼 높다란 짚가리에 굴을 만들어요. 물총새의 보금자리마냥 깊숙한 굴에 따스한 내 체온도 남겨 두면서 앞으로 다가올 추운 겨울과 새봄을 생각해 보지요. 내가 만드는 이 굴이 먹이 찾아 꽁꽁 언 산과 들을 헤맬 텃새들, 그들이 잠시라도 쉴 보금자리가 되었으면 하는 마음이지요. 짚가리가 땔감으로 쓰여 모두 없어질 때쯤이면 제비들은 또 알아들을 수 없는 새 말을 배워 돌아오겠지요. 제비들의 날쌘 공중 곡예도 다시 보게 되겠지만, 난 겨우내 우리 곁에서 지낸 텃새들의 더 고와진 노래에 귀를 기울이겠어요. 겨울을 이겨 낸 그들의 날갯짓을 더 눈여겨보겠어요.

까치봄

깍 깍 깍
까치가 반갑게 울길래
까치발을 하고 보니

아, 보여요

새순 돋는 미루나무
가지 사이로
예쁜 까치저고리 입고
종종종 까치걸음으로 걸어오는
까치봄이 보여요

어떡하지요

저렇게 바삐 걸어오다
발가락에 아픈
까치눈이라도 생기면.

봄비

"애들아, 노올자!"
봄비가 부르는 소리에
겨울잠에서 깨어난
봄 아이들

연초록 새순들은
쏘옥쏘옥
개나리 노란 얼굴은
갸웃갸웃

봄비는 벌써
다른 아이들을 깨우러
산 넘어 머얼리
가 버렸는데

쬐금 늦게 고개 내민
봄 아이들이

두리번두리번

"누가 불렀지?"
"어디 숨었니?"

제4부

아버지의 들

아버지의 들 (연작시)

1. 보리밟기

산비탈 보리밭 이랑
들뜬 흙을 밟다가
꼭꼭 다져지는 흙과 함께
발밑에 아프게 짓눌리는 보리들에게
웃자라 새푸른 보리들에게
나직나직 속삭여 주었지요.
개구리처럼 해 봐,
보다 높이 뛰어오르기 위해
한껏 몸을 움츠리는 개구리처럼
이 겨울 동안만은 고개를 내밀지 마.
그래도 보리들은 자꾸
몸을 발딱 일으켜 세웠지요.
거듭거듭 밟혀 쓰러져도
새푸르게 다시
일어섰지요.

2. 써레질

소의 발자국을 따라가면
쉴 틈이 없어 걸어가면서 누어야 했던
둥그런 쑥개떡 같은 쇠똥을 따라가면
그것이 끝나는 곳에 언뜻
근지럽던 들의 등어리가 보일까요.
힘겹게 써레질을 마치고
큰 콧구멍으로 푹푹 숨을 내쉬는
소를 보고 고맙다고 말하며,
내가 가려운 등을 긁어 드리면
그리도 좋아하시던 할아버지처럼
웃는 들의 얼굴이 보일까요.
할아버지께서 내 머리를 쓰다듬어 주시듯
소의 등을 쓸어 주는
큼직한 들의 손도 정말 보일까요.

3. 모내기

앞으로 나란히!
바람이 힘찬 구령을 붙이고 있어요.
점심을 후딱 먹어 치우고
논두렁으로 달려가 우뚝 섰을 때
볏모를 심은 논은 학교가 되어 있었어요.
어린 벼들은 모두 일학년이고
담임 선생님은 바람이어요.
바람이 호루라기를 불 때마다
벼들은 손을 올렸다 내리기도 하고
까르륵 까르륵 웃어 대기도 하고
고개를 까딱 돌려 나를
쳐다보기도 해요.
그러고 보니 난 학부형이 된 셈이네요.
내가 대견스러운 눈길로
물끄러미 바라보고 있으려니까
담임 선생님인 바람은 이번엔
더욱 크게 소리쳤어요.
바로!

4. 김매기

옛날엔 찰떡같이 달라붙어
피 빨아 대던 거머리란 놈이 있었어도
아무 걱정 없었는데
농약 덕에 그놈들 없어지고 나니까
유리 조각이 속 썩이는구나.
주말이면 낚시꾼들 몰려드는 저수지 옆
서 마지기 논 두벌매기하다가
병 조각에 발바닥 찔려 잘
걷지도 못하시던 아버지,
얼굴 가득 걱정을 담고
세벌매기하러 가신 뒤
내 눈엔 아무것도 안 보여요.
읍내 어느 집 담장에 촘촘히 박혀 있던
날카로운 유리 조각만 어른거려요.
연필 깎다 손을 베였을 때 흐르던
붉은 피만 떠올라요.

5. 논두렁

석이와 내가 서로 자기네 것이라고
우겼던 이 논두렁은 이제 보니
우리 것도 석이네 것도 아니구나.
석이네 아버지가 김매러
이 논두렁으로 오고,
우리 아버지도 물꼬를 보러
이 논두렁으로 다니고,
들판 깊숙이 자리잡은 논으로
점심을 이고 가는 욱이 어머니도
이곳을 지나가는구나.
가물어 물이 모자랄 때는
논두렁의 허리를 뚝 끊어
아낌없이 나누어 주고,
지난번 비에 무너졌을 때는
석이 아버지가 고치더니
이번엔 우리 아버지가 튼튼한
말뚝을 박는 걸 보면,

이 논두렁은 그 누구의 것이 아니구나.
우리 모두의 것이구나.

6. 꼴베기

끔벅거리는 눈은 왕방울만 하고
울음소리는 온 들을 울릴 듯 우렁찬데
정말 우리 소는 변한 것이 하나도 없는데
소값이 똥값이라고
어머니는 밤낮없이 걱정하셔요.
꼴을 베던 아버지는 냇둑에 앉아
뿌연 담배 연기 뿜으며
한참 동안 먼 산만 바라보셨어요.
누가 우리 소를 한 번 보지도 않고
맘대로 값을 매길까요.
도대체 누가 우리 마음을
이리도 무겁게 할까요.
힘줄이 불끈 솟도록 힘주어
아버지는 꼴 한 짐 짊어지고 일어섰지만
한 귀퉁이에 꽂힌 풀꽃 몇 송이
힘없이 흔들릴 때마다
아버지의 다리도 한없이

후들거리고 있었어요.

7. 물꼬

축축한 이슬에 시린 발목 젖고
억센 풀에 아프게 베이는 줄도 모르고
어두운 밤 들길을 아버지는
얼마나 많이 다니셨던가요.
온 들을 다 채울 듯 울어 대는 개구리 소리
무더기로 귓바퀴에 밀려들어도
아버지 귀에는 오직
똘똘똘 물 흐르는 소리만 들렸겠지요.
어둠 속에 반딧불 어지럽게 날아도
부릅뜬 아버지의 눈에는
누렇게 뜬 볏잎들만 어른거렸겠지요.
유난히도 붉게 물든 놀 보며
견디기 힘든 가뭄이라 걱정하시고,
어쩌다 한밤중에 후둑이는 빗소리에도
깜짝 놀라 깨어나
어깨에 삽을 메시던 아버지.
이제 누렇게 익어 가는 벼를 보고

눈물을 모두 뺀 오늘 밤에야
두 다리 편히 펴고 잠드셨어요.

8. 가을걷이

익어 가는 벼들 고개 숙일수록
어느 한쪽이 기울 듯 무거워진 들은
온통 등어리뿐인 모습으로 보였어요.
집채만 한 볏단 한 짐 짊어지고도
끄떡없이 성큼성큼 발 내딛는
아버지의 등처럼
믿음직스러워 보였어요.
베어진 벼들 떠나갈 때마다
점점 비어 가는 들은
더욱 넓어 보였어요.
짧은 그루터기들만 남았지만
다 주어 버리고도 허전하지 않은
가장 넉넉한 가슴으로
누워 있었어요.

9. 타작 마당

신나는구나 신나는구나
흥이 절로 솟는구나
탈곡기가 목청껏 소리칠 때마다
아우성치며 튀어나오는 낟알, 낟알들
빛이로구나 힘이로구나
여름내 땀에 젖어 있던 들이 마침내
힘찬 함성을 터뜨리는구나
모두 깨어나는구나
다시 살아나는구나
발밑에서 마당이 움찔움찔 놀라는구나
구경하고 섰던 앞산 뒷산도
어깨를 들썩들썩하는구나
마지막 땀을 흘리는 아버지도
이제야 환히 웃으시는구나
검게 그을은 아버지의 얼굴에서
하얀 이가 웃는구나
하얀 이가 웃는구나

10. 아버지의 들

곳간에 그득한 쌀가마들을
마음속에도 들어앉히려는 듯 오래
오래 눈에 익히시다가
마당가에 우뚝 서서
먼 들을 바라보시는 아버지.
묵직한 쌀가마로 채우고도
아직 빈 곳이 남은 마음을
이제 검은 흙빛으로 가라앉는 들로
채우시려는 것일까요.
땀으로 젖은 하루 일을 끝내고
어둑한 길 더듬어 집으로 돌아올 때
아버지의 마음 가득
넉넉하게 자리 잡던 들.
지금 다시 아버지의 마음에 들어앉은
아버지의 들은 또
어떤 빛깔로 떠오르고 있을까요.

제5부

조그만 이야기

풀꽃 얼굴

지나는 바람에
향긋한 웃음
아낌없이 나눠 주는
작은 풀꽃
바라보노라면
환히 웃는 네
얼굴이다

바람에 실려 온
들새의 깃털처럼
살포시 떠오른
네 얼굴
마주 보고 웃다 보면
활짝 핀 풀꽃
얼굴이다.

오솔길

가다가 뒤돌아보면
지나온 길
숲 사이로 숨어 버리고

앞을 바라보면
나아갈 길
멀리까지 보이지 않고

숲속에 동그마니
혼자
서 있네.

휘파람 부는 아이

햇볕이 들지 않는 골목에 쪼그리고 앉아
새를 날리는 아이를 보셨나요.
파리한 입술 동그랗게 모아
가슴속에 잔뜩 웅크리고 앉았던 새들
날개 푹 젖어 숨죽이고 있던 새들
하나하나 날려 보내는 아이를 보셨나요.
파득 파드득 날개 치며 날아오른 새들
어두운 골목 가득 휘휘 돌며 화안하게 채우고
힘껏 날아올라 높이 날아올라
눈이 부시도록 푸른 하늘에
반짝이는 날개 묻는 것을 보셨나요.
그날 밤 하늘엔 날아오른 새들만큼 별이 돋아
외로운 아이들 눈동자마다 담겨지고
먼동이 틀 무렵 다시 떨어져 버린
별들 데리고 마음이 아픈 그 아이
또 어디로 갔는지 아시나요.

밤에

별이 들어올 수 있는 창문과
가끔씩 눈을 깜박이는 조그만 등과
향기 있는 책 한 권과
바늘이 멈춘 시계와
그리고 혼자인
나와.

조그만 이야기

　바람개비도 잠을 자는 한낮, 풀밭에 가 보세요. 실바람 두어 가닥만 지나도 풀잎들 몸을 눕혀, 눕혀 티끌 씻어 내고 있어요. 밤이면 별빛 머금고 제 몸에 돋아날 이슬을 위해.

산

멀리서 보면
무뚝뚝하게 서 있는 것 같지만

오솔길 접어들어
품에 안기면
어찌 그리 아늑한지…

나무들 한 걸음씩 비켜서고
바위들 몸을 움츠려
내어 준
오솔길로 한없이 가다 보면

산의 마음을
꼭 만날 것만 같다, 퐁퐁 솟는
옹달샘 같은.

작은 새

숨어 있지 않아도
너무 작아
보이지 않는 새

나뭇가지 사이
까불대는 꽁지깃만 보이다가
붉은 열매 뒤
뾰족한 부리 끝만 보이다가

단풍 든 산 둘레를 맴돌다
노을 붉게 물들이는
노래만 들리다가

저문 하늘 한복판에
반짝이는 별로
돋아난
새.

가을 오솔길

오솔길 지우려고
나무들은
가랑잎 한 잎 두 잎
떨구고

그걸 발끝으로
툭 툭 걷어 내며 바람은
느릿느릿
걸어가고 있다.

해질 무렵의 시

　해님이 서녘 하늘에 붉은 둥우리를 틀 무렵이면 하늘은 더없이 분주해집니다. 하루를 갈무리하는 숙제를 모두 해내야 하기 때문이지요.

　맨 먼저 하는 일은 하늘 전체가 큰 눈이 되어 세상 구석구석을 살피는 것입니다. 들판을 날던 새들의 반짝이는 날개는 모두 숲으로 돌아갔는지, 바람의 집에 세 들어 사는 풀꽃들이 잠자리에 들었는지, 길을 잃어 눈물 흘리는 코흘리개는 없는지 하나하나 살피는 것이지요.

　그다음에 하는 일은 하늘 전체가 큰 귀가 되어 세상의 소리를 듣는 것입니다. 배고파 우는 들쥐들은 혹시 없는지, 저녁 종소리는 아득히 멀고 외진 데까지 잘 가닿는지, 농부들은 저녁상 앞에 앉아 무슨 기도를 하는지 빠짐없이 귀 기울여 듣지요.

　그런 다음, 하늘은 비로소 어둠을 불러들일 준비를 하는 것입니다. 세상 구석구석에 밤의 안식을 위한 어둠을 골고루 뿌려 주면서 나직나직 자장가를 부르지요. 그리고 우리에겐 들리지 않는 소리로 가만가만 기상나팔을 불어 별들을 깨웁니다. 모든 별들을 제자리로 불러내어 우리들 마음속에도 예쁜 꿈으로 빛나게 하지요.

그러고도 하늘은 잠자리에 들지 않습니다. 두려움에 떨고 있는 짐승들을 위해, 잠 못 이루고 뒤척이는 사람들을 위해, 가장 큰 팔을 벌려 가장 큰 가슴으로 온 세상을 꼬옥 안아 줍니다. 동쪽 바다 푸른 물에 세수하며 해님이 힘찬 기지개를 켤 때까지.

까치 울음

빈 들엔
하얀 까치 울음
쏟아지고 있었지.

세찬 바람 속에서
흔들리던
앙상한 미루나무 가지에서
맴돌던
까치 울음

어느새
하늘에 올라
하얀 눈이 되어
내려오고 있었지.

팔랑팔랑
흰 나비 되어

내가 그 속으로
날아갔을 때

내 마음 깊은 곳엔
하얀 메아리
아득히 울려 퍼졌지.

겨울 이야기

하느님은 흰 눈으로 온 세상의 발목을 묶고 있었지. 모두들 움직이지 않고 가만히 있었어. 나무들은 선 채로 산은 엎드린 채로 들은 누운 채로. 바람이 문풍지를 울리고 지날 때마다 나는 찍히지도 않을 바람의 발자국과 아직 한 번도 들어 보지 못한 굴뚝새의 울음을 생각하고 있었지.

어디를 헤매고 있을까, 굴뚝새는. 나의 호기심이 쫓아 버린 그 굴뚝새는. 매서운 바람의 팔매질에 우리 집 뒤란으로 던져져 기웃기웃 처마 밑으로 수줍게 날아들던 그 새는. 보고 싶어 내가 그만 후다닥 뛰어갔을 때, 한번 앉아 보지도 못한 채 뒤란을 벗어나던 내 주먹보다 작은 그 새는…

또 눈이 내렸어. 세상은 다시 한번 잠들고 쫓아내어도 자꾸 날아드는 참새들만 깨어 짹짹거리고 있었지. 기다려도 기다려도 다시 날아들지 않는 굴뚝새를 꼭 한 번

다시 보고 싶어, 나는 장작을 한 아름씩 안아다가 아궁
이에 불을 지폈지. 나지막한 굴뚝에 내 기도 같은 연기
가 모락모락 피어올라도 산과 들엔 세찬 바람의 집들만
가득 들어차고… 그해 겨울 다 가도록 굴뚝새는 다시 날
아들지 않고, 내 마음엔 시커먼 그을음만 무겁게 내려
쌓이고 있었지.

겨울 들새

꽁꽁 언 땅 위에
들새들이
별 모양의 발자국을 찍은 것은
낟알 몇 개를 찾기 위해서만이
아니었단다

매운 겨울바람이
휘파람 소리 내며 몰아쳤지만
들새들의 노래만은 끝내
빼앗지 못했단다

난 보았지

따스한 체온 남아 있는
들새들의 발자국에
가장 먼저
파릇한 새싹 트고

별빛 머금은 풀꽃 피어나는 것을

소리 없이 일어서는
푸른 보리밭 이랑에서
더 고와진 목소리를 뽑아내며
솟아오르는 한 마리
종달새를.

반월성 터에서

돌 하나를 주워 본다.
천 년보다 더 오래전, 신라 때
갓 피어난 꽃봉오리 같은 화랑을 태우고
화살의 빠르기로 달리던 말들의
거친 발굽이 스쳤음직한 돌.
그 돌이 내 손 위에 얹어져
화랑들의 야무진 이마 위에서 빛나던 햇빛을
휘날리던 말갈기를 타고 달리던 바람을
바로 그 햇빛과 바람을 맞고 있다.
사실은 하나도 무겁지 않은 돌이
문득, 천 년의 무게로 다가온다.
그 옛날의 화랑들처럼 힘차게
팔매질 한 번 못 해 보고, 나는
그 돌을 제자리에 도로 놓는다.
지금부터 또 천 년 뒤를
그려 보면서.

자유분방하고 천진한 동심의 세계

1.

신형건을 처음 만난 것은 어느 잡지사의 좁은 방이었다. 그러나 진작 그의 시를 읽고 몇 마디 단평을 한 인연이 있는지라 지면으로는 이미 구면인 셈이었다.

그를 처음 만났을 때 묘하게도 나는 제멋대로 삐뚤어진 내 보기 흉한 뻐드렁니가 머리를 스쳐 지나갔다. 그가 치과 대학에 다닌다는 생각 때문이었을까?

사실 나는 치열이 들쭉날쭉인 아랫니에 심한 열등감을 갖고 있었다. 그래서 웃을 때도 이를 전부 드러내어 웃지 못하고 입술을 잔뜩 오무려 아랫니를 가리듯이 웃곤 하였다. 그러다 보니 자연스런 웃음이 되지 못하고 찡그린 웃음이 되어 버렸다.

그런데 신형건은 이를 전부 드러내어 활짝 웃었다. 그것은 홍안의 소년 같은 천진난만한 웃음이었다. 그 웃음 속에서 나는 티 없이 맑고 깨끗한 어린이의 심성 같은 것을 보았다. 그렇다. 그의 시는 천진난만한 그의 웃음처럼 해맑고 구김살이 없다.

첫 대면을 한 지 얼마 후 나는 지방에서 서울로 직장을 옮기게 되어 그와 다시 만날 수 있었다. 나는 사람 만나는 일에 상당한 공포심을 갖고 있는 터라, 되도록 사람 만나는 일을 피하고 사는 편이다. 그러나 그가 전화로 만나기를 청했을 때 평소의 나답지 않게 흔쾌히 응했다. 그는 상대방을 편안하게 해 주는 그런 유형의 사람이다.

그날 나는 참 많이 지껄여 댄 것 같다. 문단의 선배라는 특권을 빌미로 시에 대해서 인생에 대해서 쥐뿔이나 아는 것도 없으면서 떠들어 댔다. 그는 내 돼먹잖은 허장성세를 경청하는 인내를 마다하지 않았고, 예의 그 천진난만한 웃음으로 응대를 해 주었다.

이 두 번째 만남에서 나는 그의 독서량에 놀랐다. 나도 부지런히 남의 시를 읽는다고 자부해 온 터였지만, 그는 근래 젊은 시인들의 시에 정통하여 나의 입을 잠시 봉해 버렸다.

그는 나에게 몇 권의 시집을 읽기를 권하였는데, 나에겐 전혀 낯선 신진 시인이었기에, 그 이름을 거듭 확인하면서 수첩에 적어 넣었다. 그와 헤어질 때 그는 그 천진난만하고 해맑은 웃음을 나에게 보내 주었다.

2.

신형건의 시에서 우리는 그의 웃음처럼 가식없는 천진한 마음과 만난다. 그것은 순진무구한 동심의 마음이다. 천진난만한 동심의 세계를 바탕으로 한 그의 시에서 우리는 아득히 잊어버렸던 동심의 시간과 공간을 다시 만나고, 돌이켜 생각하기만 해도 가슴 두근거리는 유년시절의 생(生)의 고동을 듣게 된다.

그는 왜곡되고 편향된 어른의 시점이 아니라 어린이의 심안(心眼)으로 세상을 바라보고, 그렇게 바라본 세상을 천진한 어조로 이야기해 준다. 그가 마련한 시의 광장은 어린이와 어른이 함께 공유하는 동심의 공간이다.

그는 어린이의 세계로 돌아가 어린이다운 천진한 의문과 호기심, 때묻지 않은 순수한 동심, 자유분방한 동심적 상상 세계를 보여 준다. 그래서 그의 시를 읽는 동안 우리는 다락방에서 천진스럽게 시시덕거리는 어린이로 돌아간다. 혹은 세상이 온통 의문 부호로 가득 찬 호기심 많은 어린이로 돌아간다. 이렇듯 그의 시는 우리 모두를 어린이로 만들어 버리는 「젊어지는 샘물」의 신비한 마력을 갖고 있다.

그가 들려주는 동심의 이야기는 크게 어린이의 일상사를 벗어나지 않는 것들이다. 그러기에 그의 시는 어린이들에겐 바로 자신들이 말하고 싶었던 절절한 사연이요, 시적 감흥이며, 멋대가리 없이 커 버린 어른들에겐 가장 원초적이고 순수한 세계로 다시 돌아갈 수 있는 타임머신이다.

그의 시는 어린이가 그린 천진무구한 그림처럼 아름다운 무지개 색상의 세계이다. 또한 죄에 물들기 이전의 가장 순수한 삶의 모습의 원형이다. 따라서 그의 시는 우리 모두에게 아름다움과 기쁨의 메시지이며, 현실의 온갖 굴절 속에서 상실해 버린 진정한 자아 찾기의 즐거운 미로 여행이다.

3.
그의 시에는 '마음'이라는 시어가 빈번히 등장한다. 산뜻한 이미지가 주는 시적 쾌미(快味)도 시의 즐거움 중 하나이지만, 시인의 가슴이 발신하는 사랑과 아름다운 마음의 메시지는 시의 즐거움 중 가장 큰 것일 것이다. 우리가 어느 시에 공감하고 감동한다는 것은 바로 그 시인의 마음에 매료되었다는 사실에 다름 아니다. 신형건의 시는 번잡한 기교의 수식 없이 자신의 아름다운 마음을 드러내 보여 준다.

　꼭 닫혀 있는 줄 알았는데/그게 아니었구나./가까이 다가가 보니/네 마음의 문은 빠끔 열려 있구나./얼른 활짝 열고 싶지만/잠깐만 꾹 참을 테야./그 대신, 문가에 있는 초인종을/가만히 누를게./내 마음이 너를 부르는/기쁜 이 소리가 들리지 않니?/잘 들리지?/그럼, 어서 문을 열어 주렴!　－「초인종」 전문

　시집 서두에 실린 이 시는 바로 이 시집의 '서시(序詩)'에 해당된다. 이 시에서 우리는 그의 시의식의 출발점과 지향점을 동시에 살필 수 있다.
　그의 시의식은 '가까이 다가가 보니/네 마음의 문은 빠끔 열려 있구나'라는 인식에서 출발한다. 그는 멀찌감치 떨어져 사물을 관조하지 않고, '가까이 다가가 보니'에서 알 수 있듯이 사물에 가까이 근접해서 그 본질을 꿰뚫어 보려고 한다. 그가 가까이 근접해서 관찰한 결과는 모든 이들의 마음의 문이 조금씩 열려 있다는 사실의 발견이다.
　그는 그 열려 있는 마음들을 향해 사랑과 기쁨과 아름다움이 한데 접합된 초인종의 발신음을 보낸다. 그렇다. 바로 이 시집은 모든 이들의 마음에 보내는 그 사랑의 발신음이다. 그는 그 사랑의 자력(磁力)으로 모든 이들의 마음의 문이 활짝 열릴 것을 확신하고 있다.

'여럿으로 나누어지기 전엔/하나의 무엇이 아니었는지 몰라./아마
도, 사랑을 담는/큼직한 그릇이었겠지?'(「사랑을 담는 그릇」)에서 보듯
이 그는 우리 삶의 가장 본질적 원형이 사랑의 용기(容器)라는 생각을
갖고 있다.

그래서 사소한 낙서 한 줄에서도 사랑의 마음을 읽기도 하고(「낙서」),
네가 소리쳐 부르면 우뚝 산으로 서서 사랑의 메아리를 되돌려 보내겠
다는 아름다운 생각도 해 본다(「메아리」).

그의 사랑의 대상은 친구, 이웃, 자연이다. 이들에 대한 애틋한 사
랑의 정(情)은 단아한 시의 품새와 어울려 대단한 매력을 발산한다.

네 마음이/연못이었으면…//조그만 돌로/풍당/뛰어들어/동그란 내
이야기/들려주게//한 가닥 실바람 되어/사르르/물무늬 만들어/다정
한 내 마음/전하게//네 마음이/조그맣고 동그란/연못이었으면. ―「친
구에게」 전문

연못 같은 친구의 마음에 조그만 돌로 뛰어들어 동그란 이야기를
들려주겠다는 생각은 얼마나 아름다운가? 이 세상에 연못 같은 친구
의 마음이 있다면 그 사실 자체만으로도 아름다운 일일진대, 거기에
짝하여 조그만 돌로 뛰어들어 동그란 이야기를 들려주고 사르르 물무
늬 만들어 다정한 마음 전해 주겠다는 생각은 참으로 황홀하게 아름다
운 사랑의 마음이다.

'―아가야, 문 닫아라. 찬바람 들어온다./할머니 방문을 조심스레 닫
아드렸을 때/쿵, 하고 문이 작게 웃었어.'(「문이 웃는 소리」)도 이런 사

랑의 반영이다.

이렇듯, 아름다운 사랑의 마음의 지향은 자연히 그렇지 못한 마음에 대해 강한 반발의 반응을 보인다.

노랑 빨강 파랑 풍선 풍선 풍선이/서로 잘났다고 고개 빼들며 뽐내지만/다 소용없는 일이야./어디 제힘으로 뱃속을 채웠나/남이 불어주어서 그런 모습이 됐지./주둥이에 맨 실을 풀어 볼까, 어찌 되나?/가시에 한번 찔려 볼래?/빵! ─「뽐내지 마」전문

교만에 가득 찬 인간에 대한 신랄한 풍자와 야유가 풍선을 매개로 실감 나게 표현되어 있다. '가시에 한번 찔려 볼래?'의 결연한 언표(言表)가 교만한 자에 대한 거부감의 강도를 짐작케 해 준다. 한 행으로 처리한 '빵!' 하는 의성어가 어떤 파멸을 연상시키면서 읽는 이에게 짜릿한 쾌감을 준다. 이 시는 흔히 풍자시가 노리는 야유하고 조롱함으로써 얻어지는 통렬한 쾌감을 안겨 준다.

우리는 저 유명한 안데르센의 동화 「벌거벗은 임금님」에서 어린이의 눈을 통해 위선으로 가득 찬 어른들의 추한 세계를 관찰할 수 있었거니와, 그의 시에서도 동심의 눈에 굴절 없이 그대로 비친 바람직스럽지 못한 어른들의 세계를 엿볼 수 있다.

어린이의 심안(心眼)에 비친 어른들이란 일에 매달려 무미건조한 삶을 반복하는 사람들이며(「매달리기」), '안 돼' 하고 금지만 하며(「도리질 엄마」), 불뚝해진 배를 내밀며 큼큼 헛기침이나 하는 위선자(「교장 선생님」)이다.

이처럼 정신적으로 황폐해진 어른들에게 그는 어린이 세계로 돌아가기를 권한다. 그는 단 하루만이라도 어른들을 거인국으로 보내자고 제안한다(「거인들이 사는 나라」). 혹은, 젊어지는 샘물을 마시게 하여 어린이로 만들자는 엉뚱한 공상을 한다(「젊어지는 샘물」).

요컨대, 어른들이 동심으로 돌아가 아득히 잊어버린 가장 순수한 시간과 공간을 되찾기를 그는 희망한다. 그의 이런 동심지상주의(童心至上主義)는 일종의 낭만주의적 발상이지만 황폐하고 무미건조한 삶에 갇혀 있는 모두에게 한 줄기 신선한 자유의 바람이 될 것이다.

하여, 그는 '우리 학교 담벼락이 하품하는'(「우리 학교 담벼락」) 따분하기 짝이 없는 세상을 벗어나 동심의 세계로 마음껏 비상하려고 한다. '늘 그런 건 아니지만 가끔/빨간불이 켜져 있는데 길을 건너고 싶어'(「가끔」)처럼 공식화된 일상으로부터 일탈할 것도 꿈꾼다.

그는 상투적인 세상에 대해 강한 의문을 제기하기도 하고, 엉뚱한 동심적 상상의 세계를 제멋대로 질주해 버리기도 한다. 「안절부절」, 「지구 들기」, 「요술 손」, 「기웃거리는 까닭」, 「언젠가 한번은」, 「물음표가 있는 이야기」, 「꿈꾸는 나무들」, 「도깨비 방망이」, 「들길에서」 등이 이런 계열의 작품들이다.

이 시편들에서 우리는 거침새 없이 분출하는 상상력을 볼 수 있다. 장난기마저 느껴지는 이런 상상력의 유희를 혹자는 시의 진지성을 훼절시키는 행위라고 사시(斜視)로 보기도 할 것이다. 그러나 그는 전혀 개의치 않는다. 어린이다운 천진한 의문과 호기심, 자유분방한 상상력이 동심의 특권이라는 생각을 그는 갖고 있는 듯하다.

우리에게 가장 무서운 것은 우리를 급속히 경직시키고 노화시키는 상투적인 사고이다. 신형건은 재기발랄한 젊은 시인이다. 그러기에 그는 과감히 상투적인 사고를 부수고 새로운 상상의 집을 세우려고 한다.

어제 저녁에 난/늦잠 자는 게으름뱅이 별들을 찾아다녔어./고롱고롱 코 고는 고 녀석들 몰래/옷에 달린 단추를 하나씩 떼어 왔지./그랬더니 글쎄, 한밤중에야/부시시 깨어나던 녀석들이/오늘은 초저녁부터/반짝 눈을 뜨지 않겠어./그러곤 자꾸 내 창가를 기웃거리지 뭐야!/어떡할까? 돌려줄까, 말까? ─「기웃거리는 까닭」 전문

늦잠 자는 게으름뱅이 별들을 찾아가 몰래 단추를 떼어 왔다는 생각이 엉뚱하고 재미있다. '돌려줄까, 말까?'하는 천진한 동심적 고민이 읽는 이로 하여금 미소를 머금게 한다. 이렇듯, 별과 친구가 되어 교감을 나눌 수 있는 것은 '겨드랑이가 틀어지건 말건/옷도 우당탕탕 벗어던져야 시원하지'(「너도 그래?」)처럼 활달하고 거침새 없는 동심이 전제되었기에 가능한 것이다. 그의 동심적 상상력은 막힘 없이 자유분방하며, 그의 시심(詩心)은 모든 만물과 따뜻한 교감을 한다.

그의 시 속엔 물음표가 많다. 그는 시 속에 우리로 하여금 한 번쯤 생각하도록 하는 자리를 꼭 예비해 둔다. 이것은 물음표의 의문 제기를 통해 우리로 하여금 자기 각성과 자기 성찰의 기회를 갖게 하려는 의도적인 시적 장치이다. 그러기에, 이런 시편에서 우리는 자신의 삶을 다시 돌아보고 반성의 기회를 갖게 되며, 또한 삶의 지혜도 얻게 된다.

예컨대, 맹목적인 삶의 비꼼을 통해 목적이 뚜렷한 삶의 필요성을 지시해 주거나(「무작정」), 구멍 난 주머니와 멀쩡한 주머니의 비유를

통해 과다한 욕망의 헛됨을 깨닫게 해 주거나(「수수께끼」), 말의 해독성에 대한 경각심을 갖게 해 준다(「쉬잇, 말조심!」). 그리고 어떤 사안에 대한 두 가지 반응(하나는 낙관적, 다른 하나는 비관적)을 제시해 주고 어느 것이 바른 삶의 태도인가를 심사숙고케 해 준다(「물음표가 있는 이야기」).

마지막으로 우리는 제4부에 실린 「보리밟기」, 「싸레질」, 「모내기」, 「논두렁」, 「타작마당」 등 일련의 농업 시편에 주목하게 된다. 이 시들은 건강하고 힘에 넘쳐 있다. 특히 「타작 마당」의 힘에 넘치는 역동성은 그의 시세계 중에서는 이례적인 것이다.

　　신나는구나 신나는구나/흥이 절로 솟는구나/탈곡기가 목청껏 소리칠 때마다/아우성치며 튀어나오는 낟알, 낟알들/빛이로구나 힘이로구나 　―「타작 마당」 일부

이와 같은 부성적(父性的), 남성적 역동의 시에서 우리는 그의 또 다른 가능성을 점쳐 본다. 그의 시의 기본 공간인 지극히 사적이고 내면적인 공간에서 벗어나 논두렁이니, 타작 마당이니 하는 공동체적, 외적 공간으로의 이동이 그의 시 전개에 어떤 변수로 작용할지는 앞으로 더 두고 볼 일이다.

　　4.
신형건의 이 시집은 아이들과 동심을 가진 어른들을 대상으로 한 시집이다. 그는 생텍쥐페리의 『어린 왕자』와 같은 동심을 가진 시인

이다.

지극히 영악한 이 시대에 동심을 유지하고 산다는 일은 쉬운 일이 아니다. 자칫 동심이니 진실이니 표 내고 다녔다가는 바보 취급 당하기 딱 알맞은 세상이다.

그럼에도 신형건은 이런 세상의 평판과 상관없이 동심의 마음을 변치 않고, 계속 동심의 시를 쓰며 살겠다는 마음을 갖고 있다. 그 마음이 서글프도록 아름답게만 생각된다. 더구나 모든 이들의 마음에 천 개고 만 개고 동심의 탑을 쌓겠다는 자기분신적(自己焚身的) 신념을 그는 갖고 있다. 이것이 큰 힘이 되어 무딘 붓끝이나마 이 시집의 해설을 마칠 수 있었다.

이 시대를 맑고 깨끗하게 살려는 모든 이들에게 이 시집은 사랑과 아름다운 마음의 초인종이 되리라 믿는다. 또한 이 땅의 초롱초롱한 눈을 가진 아이들에게도 기쁨의 초인종이 되리라 믿는다.

— 이 준 관 (시인)

＊이 '작품 해설'은 『거인들이 사는 나라』 초판본(진선출판사, 1990)에 실렸던 것을 일부 가다듬어 다시 실은 것입니다.

『거인들이 사는 나라』 출간 30주년을 기념하며

아주 오랜 기억이 바로 어제 일처럼 되살아날 때가 있습니다. 30년 전 첫 시집 『거인들이 사는 나라』를 처음 만났을 때의 감흥은 너무나 각별하여 아직도 생생합니다. 아마도 출판사에서 나에게 출간 소식을 일부러 알리지 않았었나 봅니다. 종로서적 6층 시집 신간 코너에 진열된 『거인들이 사는 나라』를 처음 발견한 순간, 가슴이 얼마나 뛰던지 나는 숨이 거의 멎을 것만 같았습니다. 내 생애 최고로 가슴 벅찬 날이었지요. 그런데 어느새 30년이라는 세월이 흘렀고, 이번에 『거인들이 사는 나라』 출간 30주년을 기념하는 특별판을 펴내게 되었습니다. 이처럼 때때로 오래된 것은 다시 새것이 되어 돌아오곤 합니다.

나는 아주 어렸을 적부터 많은 꿈을 꾸었습니다. 그 꿈들은 하도 여러 가지여서 최초엔 화가였으나 고고학자 · 성악가 · 영문학자로 바뀌다가 맨 나중엔 시인이 되고 싶다는 꿈을 품게 되었지요. 그런데 대학에 들어가면서 문학을 전공하려던 계획을 바꾸어 치의학을 전공하게 되었습니다. 나는 치과의사가 되는 길에 접어들면서 어쩌면 시인이 되는 길을 영영 놓쳐 버릴지도 모른다는 절박한 생각이 들었지요. 그래서 혼자서 열심히 시 공부를 했습니다.

나는 학교에서 공부하는 시간을 빼고는 거의 모두 시를 읽고 쓰는 일로 채웠습니다. 밥을 먹으면서도, 길을 가면서도, 잠자리에 누워서도 온통 시만을 생각했지요. 그래서인지, 뜻밖에도 아주 일찍이 대학교 1학년 때 아동문학 문예지 〈아동문예〉와 〈새벗〉의 신인문학상에 연달아 동시가 당선되어 마침내 시인의 길로 접어들게 되었습니다. 그 당시 나는 "전공은 아동문학이요, 부전공이 치의학"이라는 말을 농담 삼아 했는데, 6년간 치의학 전공과 시 창작을 병행하여 마침내 대학 졸업과 때맞추어 첫 시집 『거인들이 사는 나라』(진선출판사, 1990)를 펴냈습니다.

그즈음에도 시집 출간의 기회를 잡기란 여간 어려운 일이 아니었습니다. 다행히도 세 번째로 투고한 곳에서 출간 제의를 받았는데, 동시이지만 성인 독자를 대상으로 한 일반 시집 형태로 출간하자는 출판사측의 제의를 받아들였지요. 그렇게 출간된 첫 시집은 꽤 많은 성인 독자들을 확보했지만, 아쉽게도 아이들에게 널리 읽힐 기회는 잃고 말았습니다. 몇 년 후, 그 출판사는 시집 시리즈를 중단했고 첫 시집 『거인들이 사는 나라』도 절판이 되었지요.

그로부터 10여 년 후 내가 아동청소년문학 전문 출판사를 운영하게 되면서, 나중에 쓴 시들을 좀 더 보태어 마침내 동시집(푸른책들, 2000)으로 다시 펴낼 기회가 생겼습니다. 그리고 두 차례의 개정판(2006, 2015)과 문고본(네버엔딩스토리, 2010)으로 거듭 펴내면서, 새로운 독자들에게 읽힐 기회를 꾸준히 가졌지요. 어쩌면 다른 작가들의 작품을 출간하는 일에 주력하는 출판인으로서, 내 작품을 스스로 돌보고 가꾸는 일에 열중했던 유일한 경우가 바로 『거인들이 사는 나라』가 아닌가 싶습니다.

내 시를 어른들뿐 아니라 아이들이 더욱 좋아해 주었으면 하는 간절한 바람이 이루어져, 그동안 『거인들이 사는 나라』는 쇄를 거듭하여 10만 이상의 독자를 확보하며 많은 아이들이 즐겨 읽는 동시집이 되었습니다. 이 일은, 내 시 9편이 초등학교와 중학교 〈국어〉 교과서에 수록된 일과 더불어 내 삶에 가장 큰 기쁨과 보람을 안겨 주었지요.

이번에 『거인들이 사는 나라』 출간 30주년 기념 특별판을 펴내면서, 내용은 크게 달라지지 않았지만 다시 일반 시집의 형식으로 일부 바꿔 보았습니다. 처음 출간했을 때처럼 '얼른 어른이 되고 싶은 아이들'뿐 아니라 '다시 아이가 되고 싶은 어른들에게'도 주고 싶은 마음이 커졌기 때문입니다.

그리고 오래된 시작 노트를 뒤져 그동안 시집에 한 번도 엮지 않고 묻어 두었던 시 13편을 꺼내어 제5부에 추가하였습니다. 제3부에 실린 시들과 비슷한 시기에 쓰인 초기작들이어서 좀 어눌하지만 풋풋한 느낌이 들기도 할 것입니다. 세상에 대한 호기심과 설렘이 끝없이 반짝이고 출렁이던 시절의 흔적이어서 다시 세상으로 끌어내는 동안 감회가 새로웠습니다.

동시대에 같은 길을 가는 분들과 『거인들이 사는 나라』 출간 30주년을 기념하는 기쁨을 함께 나누고자 선후배 시인들에게 축하 메시지를 청해 책 끝에 실었습니다. 어려운 청에 기꺼이 화답해 정겨운 마음을 아낌없이 나눠 주시고 소중한 옛 추억까지 소환해 주신 여러분께 진심으로 감사드립니다.

아무쪼록 30년 만에 새것이 되어 다시 돌아온 첫 시집 『거인들이 사는 나라』에게 새로운 독자들이 또 생기길 기대하고 기다립니다.

2020년 늦가을에, 신형건

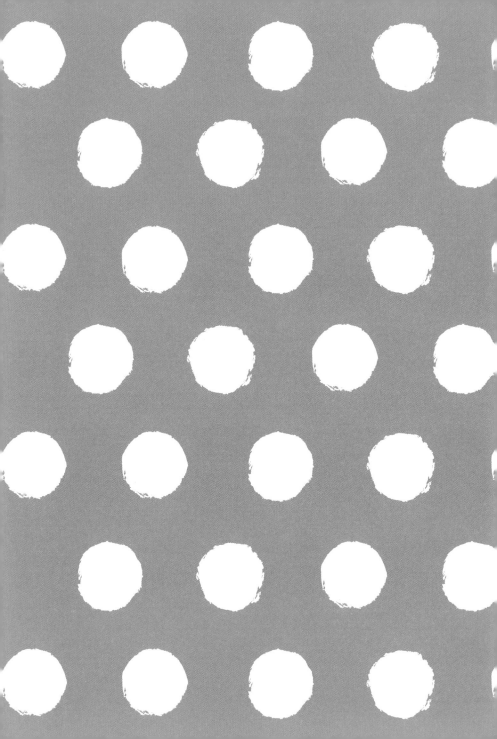

풀꽃처럼 싱싱하고 풋풋하고 향기롭다

『거인들이 사는 나라』를 읽고 해설을 쓰던 때가 엊그제 같은데 어언 30년이라니! 동시집을 읽으면서 동심과 시심에 젖어 벅찬 감동으로 해설을 쓰던 때의 기억이 지금도 또렷하다. 홍안의 소년처럼 천진난만한 웃는 얼굴의 신형건 시인의 모습도 생생하다. 세월이 흘렀지만 지금도 『거인들이 사는 나라』에 실린 동시들은 풀꽃처럼 싱싱하고 풋풋하고 향기롭다. 신형건 시인은 모든 이들의 마음에 천 개 만 개의 동심의 탑을 쌓겠다는 신념으로 동시인으로서, 또한 어린이 도서 전문 출판인으로서 누구도 따를 수 없는 업적을 쌓았다.

『거인들이 사는 나라』는 이전의 동시와는 다른 새로운 동시집이었다. 신형건 시인은 젊은 패기와 도전으로 기존 동시의 틀과 낡은 관습을 깨뜨리고 새로운 동시를 썼다. 자연과 이미지 중심의 동시 대신에 아이들의 일상과 내면을 말하듯이 이야기하듯이 썼다. 그리고 동화적 발상과 자유분방한 상상력을 보여 주었다. 『거인들이 사는 나라』는 새로운 동시의 시대를 열었던 동시집으로서 우리 동시사에 또렷한 자취를 남겼다.

　　　　　　　－이준관 (동시집 『내가 채송화꽃처럼 조그마했을 때』의 시인)

시간 속에 바래거나 옅어지지 않고

원고 청탁을 받고 서가에서 『거인들이 사는 나라』를 찾아 다시 읽어 보았습니다. 30년이 지났지만 수록된 작품은 시간 속에 바래거나 옅어지지 않고, 시적 향훈이 그대로 있었습니다. 놀랍고 신선했습니다. 뿐만 아니라 오늘날 동시의 큰 흐름과 거의 맥을 같이하고 있었습니다. 돌이켜 보니 이 작품집이 우리 동시의 새로운 패턴을 내보인 주목할 만한 변곡점이 아닌가 생각됩니다. 『거인들이 사는 나라』 30주년 특별판 발행을 축하합니다.

－하청호 (동시집 『바늘 귀는 귀가 참 밝다』의 시인)

동시의 세계를 새롭게 열어 준 작품

동시집 『거인들이 사는 나라』가 출간된 것은 1990년이다. 나는 이 동시집이 나오기 전까지는 '동시는 이제 발전이 없다'고 늘 말해 왔다. 발표되는 작품마다 소재나 표현 기법이 비슷해서 그렇게 말했던 것이다. 나 또한 그 범주에서 벗어날 수 없었기 때문이다. 그런데 『거인들이 사는 나라』가 나오고 난 뒤, 내 생각이 잘못되었다는 것을 절감했다. 소재를 바라보는 시각이 새로울 뿐 아니라, 조곤조곤 이야기하는 식으로 사물의 이미지를 시적으로 풀어 나가는 모습이 정말 참신하게 느껴졌다. 『거인들이 사는 나라』가 어떤 곳인지 상상도 못해 본 세계까지 시로 승화시켜 놓았으니 놀라지 않을 수 없었다. 이 책이 나오고 난 뒤 어느 비평에서 '동시도 발전이 있다'고 내 생각을 고쳐 쓴 적이 있다. 특히 내가 좋아했던 작품은 「입김」과 「가랑잎의 몸무게」이다. 지금도 다시 읽어 보면 새로운 느낌이 나니 어찌 잊겠는가. 이 동시집은 우리 동시문학에 큰 획을 남긴 작품임이 틀림없다.

－노원호 (동시선집 『작은 행복』의 시인)

글을 읽는 이가 글을 쓰도록 만드는 글

『거인들이 사는 나라』가 출간 30주년을 맞았다. 빠른 시간의 흐름은 막을 수 없지만, 시집 출간 30주년은 기념하고 축하할 일이다. 두꺼워진 시간 위에 시집을 놓고 보면 시가 주는 청량한 무게가 느껴진다.

'좋은 글은 그 글을 읽는 이가 글을 쓰도록 만드는 글'이라 했다. 돌아보면 신형건 시인의 『거인들이 사는 나라』는 출간되고 나서 그의 시를 읽은 많은 독자들에게 글을 쓰고 싶도록 만들었다. 특히 많은 동시인들에게 끼친 신선하고 놀라운 영향은 누구도 부정할 수 없을 것이다.

『거인들이 사는 나라』는 어린 독자들에게도 시를 읽는 재미를 새로이 알게 해 주었고 그만큼 시와 친해지는 기회를 갖게 되었다. 그래서 더욱 고맙고 소중한 시집이다. 출간 30주년, 『거인들이 사는 나라』가 오래도록 우리들 곁에 있어 주기를 기원한다.

−정두리 (동시집 『소행성에 이름 붙이기』의 시인)

어른도 꿈꾸게 하는 시

오래전의 일입니다. 국어 시간에 교과서에 실린 「그림자」라는 시를 아이들과 함께 공부했습니다. 흥미진진했습니다. 읽으면 읽을수록 좋았습니다. 행복감을 느꼈습니다. 친구와 친구 사이를 이만큼 아름답고 정겹게 그릴 수 있을까요? 수십 년이 지난 지금 읽어도 그 감흥은 여전합니다. 「그림자」는 좋은 시에서 명시로 바뀐 지 이미 오래입니다. 호흡이 긴 점이 오히려 더 매력적입니다.

신형건 시인은 이야기가 있는 시를 남달리 잘 구사합니다. 길어도 지루하지 않습니다. 눈길을 끌다가 끝내 마음을 사로잡고야 맙니다.

그렇듯 어린이의 눈높이와 생활, 환경 문제와 시대정신이 반영된 울림이 깊은 시를 쓰는 시인입니다. 오랫동안 진지하게 생각하게 합니다. 그래서 발랄한 쪽보다는 중후한 쪽입니다. 그 점에서 독보적이어서 다른 이들이 흉내 낼 수 없는 위상을 가지고 있습니다.

신형건 시인은 오랜 성상 동안 동시집과 〈푸른책들〉을 통해서 이 땅의 어린이들로 하여금 끊임없이 꿈꾸게 하였습니다. 윤택한 삶을 구현하는 데 크게 이바지했습니다. 뿐만 아닙니다. 쫓기듯 사는 어른들도 읽고 꿈꾸게 했습니다. 어른 속에 잠자고 있는 동심을 일깨워서 순수한 마음을 갖도록 만들었으니 이 얼마나 좋은 일입니까?

동시집 『거인들이 사는 나라』 출간 30주년을 크게 경하합니다.

〈푸른책들〉과 함께 더욱 문조 빛나소서.

─ 이정환 (동시조집 『어쩌면 저기 저 나무에만 둥지를 틀었을까』의 시인)

불쑥 돌발 영상처럼 나온

『거인들이 사는 나라』가 이 세상에 나온 지 30주년이 되도록 오래오래 사랑받는 이유를 충분히 알고 있습니다.

동시단에 불쑥 돌발 영상처럼 나온 그 시집!

어렵거나 무겁거나 다소 진부해 보이는 일반 동시들의 소재와 표현법과는 달리 상큼하게 아이들의 심리와 생활상을 그려 내어 저의 생각에 깜짝 놀라게 금을 그어 주더군요. 솔직하고 깜찍하고 발랄한 아이들의 생각을 족집게로 뽑아내어 써 내려간 시구마다 정감과 웃음이 일게 하더군요.

또한 좋은 책 만들기에 열정을 기울이는 신형건 시인의 동심 사랑에 존경을 표하면서 앞으로도 쭈욱 이대로 가시길 기원합니다.

—장승련 (동시선집『우산 속 둘이서』의 시인)

『거인들이 사는 나라』서른 살을 축하하며

아, 동시집『거인들이 사는 나라』가 출간 30주년을 맞이했군요.
진심으로 축하드립니다.

이 책에 대해 처음 알게 된 것은 1990년 어느 날, 신현득 선생님의
말씀을 통해서였어요. 어떤 자리였는지는 잘 기억이 나지 않네요. 다
만 여러 시인들과도 함께한 자리였다는 말씀을 드릴 수 있어요. 신현
득 선생님께서는 '놀라운 천재 시인'이 나타났다면서 신형건 시인의
동시집『거인들이 사는 나라』를 소개해 주셨어요. 문학사가 달라질 거
라며 열변을 토하셨습니다. 대체 어떤 책이기에 이토록 흥분해서 말
씀하시는 건지 궁금했어요.

선생님과 헤어진 후에 곧바로 달려간 곳이 종로서적이었습니다. 동
시집 코너를 꼼꼼히 살폈지만『거인들이 사는 나라』가 보이지 않았어
요. 그래서 직원에게 물어봤고, 수소문 끝에 시집 코너에 책이 있다고
알려 줬습니다. 당시에 종로서적은 2층부터 6층까지 운영되고 있었고
어린이 도서와 시집 코너는 층이 달랐어요. 다리품을 팔아 시집 코너
로 달려갔고 책을 찾을 수 있었습니다.

신형건 시집『거인들이 사는 나라』는 시집 제목 아래에 '얼른 어른이
되고 싶은 아이들과 다시 아이가 되고 싶은 어른들에게'라는 설명의
말을 달고 있었어요. 동시집을 시집으로 출간하는 시인의 마음이 불
편했나 보다, 미루어 짐작했어요. 그런데 읽을수록 이 문장이 매력적

으로 느껴지는 거예요. 다시 아이가 되고 싶은 어른들의 공감과 사랑을 받을 것 같다는 생각도 했어요. 책장을 넘기던 나는, 쿵! 쇠공이로 얻어맞은 듯 멍한 기분이 들었습니다. '단 하루만이라도 어른들을 거인국으로 보내자' 이렇게 시작하는 표제시 「거인들이 사는 나라」가 충격적일 만큼 신선하게 다가왔거든요. 그 자리에서 시집을 구입했고, 집에 와서 정독을 했어요. 한 편 한 편 시를 읽던 그 시간이 무척 즐거웠고 괴로웠고 질투 났고 부러웠다는 것을 이 자리를 빌어서 고백합니다. 다시 한번, 『거인들이 사는 나라』 서른 살을 축하드려요.

— 정진아 (동시집 『엄마보다 이쁜 아이』의 시인)

내 생애 첫 사인본 『거인들이 사는 나라』

'처음'이라는 말에는 이전에는 없었던, 한 번도 경험하지 못한 것의 처음이므로 잊히지 않는, 아니 잊을 수 없는 기억을 남긴다.

1992년 나는 시인이 되었다. 나의 등단작, 심사위원, 그때 받은 상금. 이 모두가 다 처음이지만 나는 시인이 된 나를 떠올릴 때 어느 시인이 준 사인본이 먼저 떠오른다. 하얀 표지 오른쪽에 빨간 풍선이 그려진 『거인들이 사는 나라』, 제목 아래 '얼른 어른이 되고 싶은 아이들과 다시 아이가 되고 싶은 어른들에게'라는 푸른 글자까지, 처음으로 사인본을 받은 경험은 설렘을 넘어 신비로움이었다. 표지를 넘기면 내 이름이 시인의 이름 위에서 수줍고 멋쩍게 웃는 듯 있고 그 아래 시인의 이름이 있다.

자주 시를 읽었고 시집을 덮을 때마다 시인의 이름 위를 손가락으로 자주 오갔다. 그러면서 나도 이런 시를 쓰는 시인이 되어야지, 다

짐했다. 시 쓰는 일이 멀어졌을 때도 이 시집을 펴며 나를 반성했다.

'나 시인이지. 시인이면 시를 써야지.'

이름이 적혀 있다는 것, 『거인들이 사는 나라』 사인본은 내게 시인으로서의 책무를 떠올리게 해 주었고, 시의 본보기가 되었으며, 시 속에 아이처럼 활달한 상상력을 보태어 주었다. 그러고도 가을이면, 시월의 바람 부는 날이면 저절로 꽂아 둔 시집을 다시 꺼내 읽게 하는 힘, 누군가는 어느 가수의 노래를 떠올린다는 시월의 마지막 날 나는 『거인들이 사는 나라』를 펼쳐 들었다. 그리고 조용히 소리 내어 읽는다.

'가랑잎의 몸무게를 저울에 달면/'따스함'이라고 씌어진 눈금에/바늘이 머무를 것 같다.' ─「가랑잎의 몸무게」 일부

시의 말처럼 마음이 따스해진다. 삼십 년이 지난 지금도 여전히 따뜻한 시집으로 나와 함께 가을을 보내고 있다.

─박혜선(동시집『위풍당당 박한별』의 시인)

시간의 뜰에 남겨질 푸른 흔적

동시집 『거인들이 사는 나라』의 책장을 펼치면, 가슴 서랍 깊숙이 곱게 개켜 있던 아련한 첫사랑의 기억이 툭툭 먼지를 털고 일어선다. 개망초꽃으로, 엉겅퀴꽃으로, 제비꽃으로 때론 별로, 철길로 오롯이 담아낸 저마다의 그리움은 비 온 뒤, 하늘 무대에 올라 영롱한 빛으로 노래 부르는 무지개 중창단처럼 아름답다.

어릴 적, 농촌에서의 체험을 바탕으로 쓴 시편들은 독자를 이내 유

년의 뜰로 데리고 간다. 어느새 발바닥에 푸른 보리 잎 내음이 배고, 귓속엔 탈곡기에서 아우성치며 튀어나온 낟알들의 함성이 가득!

그러다가 어느 순간 들어선, 판타지 세계! 학교 담벼락이 하품을 하고, 공장 굴뚝에서 꽃들이 몽개몽개 피어나 하늘로 떠오르고, 도시의 빌딩들은 초록 무성한 숲으로 출렁이고…….

경탄하며 읽었던 동시집 『거인들이 사는 나라』가 어느덧 태어난 지, 서른 해가 되었다. 앞으로 서른 해, 또 서른 해가 이어지길 바라며, 독자들의 시간의 뜰에 푸른 흔적을 남기길…….

―김미영 (동시집 『말모이』의 시인)

마음속 저울에 올라가 가만가만 무게를 재어 보았다

지금으로부터 20여 년 전, 대학에서 시를 전공하며 한참이나 시 쓰기를 힘들어하던 때다. 우연히 학교 도서관 아동 코너에 꽂혀 있던 동시집 『거인들이 사는 나라』를 읽게 되었다. 그날 나는 아무도 모르는 거인들의 나라를 나 홀로 발견한 아이처럼 짜릿해했다. 한 편 한 편 동시를 읽으며, 마치 널찍한 트램펄린 위에서 하늘 높이 방방 뛰어오르는 기분이었다. 시인의 천진한 호기심과 상상력에 내 마음의 키도 거인만큼 훌쩍 자란 것 같은 즐거운 경험이었다.

그 당시 난 동시에 대한 편견을 갖고 있었다. 동시는 자연에 대한 노래로 가득한 그저 따분하고 교훈적이며 상투적인 어린이들만의 시라고 생각했으니까. 그때 『거인들이 사는 나라』를 만난 것이다.

그 후로 나도 동시를 쓰게 되었다. 그 길목에 『거인들이 사는 나라』 속 동시들이 하나의 징검돌이 되었다. 한 발 한 발 디디며 건넌 징검돌 중에 내가 두 발로 오래오래 머무는 돌과 같은 동시가 있다. 바로「가랑잎의 몸무게」이다. 난 이 동시가 참 좋다.

우리는 무게를 재는 일에 익숙하다. 저울의 바늘이 가리키는 숫자를 중요하게 여긴다. 저울의 무게는 가볍고 무거움으로 평가되고, 때론 무게에 옳고 그름, 좋고 나쁨에 대한 가치를 부여한다. 내가 이 동시를 좋아하는 이유는 저울의 바늘이 가리키는 방향에 있다. 그 따스함과 너그러움, 하찮은 가랑잎 하나에도 사물이 지닌 보이지 않는 깊숙한 가치를 보게 해 주는 그 진중한 무게에 있다.

『거인들이 사는 나라』가 벌써 30주년이 되었다니, 새삼 반갑고 기쁘다. 오래된 앨범 속 사진들을 한 장 한 장 꺼내 보듯… 동시집 속 동시들을 여러 번 읽고 또 읽었다. 동시들을 읽는 동안 오랜만에 마음속 저울에 올라가 가만가만 무게를 재어 보았다. 바늘이 가리키는 방향도 점검해 볼 수 있어 좋았다. 이런 시간을 다른 이들과도 함께하고 싶다.

지금을 살아가는 아이들 역시 『거인들이 사는 나라』 속 동시들을 읽으며 동시 한 편 한 편이 주는 따스함과 너그러움의 무게를 느껴 보길 바란다.

— 이혜영 (동시집『그땐 나도 우주를 헤엄칠 거야』의 시인)

서른 살 청년, 『거인들이 사는 나라』에게

'얼른 어른이 되고 싶은 아이들과 다시 아이가 되고 싶은 어른들에게' 주는 시집 『거인들이 사는 나라』가 벌써 서른 살이 되었군요. 첫 시로 앉힌 「초인종」을 가만 눌러 봅니다. 그러고는 문가에 서서 떨리는 마음으로 "축하합니다!"를 기쁘게 전합니다. 잘 들리지요?

제가 이 『거인들이 사는 나라』를 만난 것도 20년이 막 넘었네요. 제가 어찌어찌 등단은 했지만 아동문학 세상을 너무 몰랐지요. 그때 응모한 문예지에서 심사를 맡아 주셨던 선생님이 "앞으로 동시 쓰는 데 꼭 읽어야 할 시집이 있다"며 3명의 시인을 추천하고 시집 제목을 알려 주셨어요. 그 인연으로 『거인들이 사는 나라』를 만나게 된 거랍니다.

「초인종」에서 「텃새를 생각하며」까지 60편이 넘는 시들은 동시에 대한 열정만으로 겁도 없이 달려든 제게 울림을 넘어 놀람을 선사했지요. 연을 나누고 행을 가르지 않아도 그대로 느껴지는 시적 여유, 대놓고 교훈적이진 않지만 '그래!' 하고 가슴을 탁, 치게 만드는 이 힘은 뭐지? 라는 생각은 20년을 넘긴 지금도 변함이 없답니다.

그 많은 세월이 흘렀어도 '거인들이 사는 나라'가 궁금해지고 '늦잠 자는 게으름뱅이 별들을 찾아다'니는 어린아이를 만날 수 있고 '가랑잎의 몸무게'를 어깨너머로 볼 수 있어 지금, 행복합니다.

― 한상순 (동시집 『뻥튀기는 속상해』의 시인)

양재천에 사는 거인

지난 10월 중순, 36년을 살았던 서울을 떠나 고양시로 이사 왔다. 이삿짐을 정리하다 보니 가장 많은 자료와 추억들은 단연 〈푸른책들〉이었다. 동화 공부를 했던 자료 속에 푸른문학상 '새로운 시인상' 당선 소감 편지도 들어 있었고, 조금은 떨리고 부푼 마음으로 적어 내려갔던 첫 소감이 실린 잡지 〈동화읽는가족〉도 다시 들여다볼 기회가 되었다.

제멋대로 쌓인 책들 속에서 『거인들이 사는 나라』 초판본(진선출판사, 1990)이 눈에 확 들어왔다. 수년 전 서점 '이상한 나라의 헌 책방'에 들렀다가 발견한 『거인들이 사는 나라』 초판본에는 신형건 시인의 풋풋하고 훤칠한 청년 얼굴이 들어 있었다. 이준관 선생님 표현을 빌려 오자면, '어린 왕자' 같았다는 그 시절 『거인들이 사는 나라』의 문지기를 만나서 무척 반가웠다.

정형화된 동시의 틀을 깨고 시대를 앞서갔던 『거인들이 사는 나라』에 찍힌 환하고 순수한 표정과 선한 웃음이 그리운 '양재천에 사는 거인'에게 30년 추억을 말할 수 있어 감사하다. 15년 전 내가 처음 만난 그때처럼, 요즘도 동시를 쓰고 번역을 하고 좋은 책도 뚝딱 만들어 내면서 끄떡없이 '거인들이 사는 나라'를 지키고 있는 것 같아 참 다행이다. '거인들이 사는 나라'니까 장수하기를 기도한다.

－김 영 (동시집 『떡볶이 미사일』의 시인)

앞으로도 계속 어린이 친구들에게 사랑받기를

아주 오래전 『거인들이 사는 나라』라는 동시집을 읽었습니다. 신비롭고 상상력이 뛰어난 이 동시집을 쓴 시인이 누구일까? 무척 궁금했었습니다. 그러다 우연히 동시에 관심을 두게 되었고, 그 주인공을 만나게 되었지요. 해맑은 미소를 가진 '어린 왕자'와 같은 동심을 가진 시인이었어요. 이 동시집은 서른이라는 나이를 먹었는데도 최근에 쓴 듯해요. 나이를 먹지 않는 상상의 나라 거인의 책이에요. 아이들뿐만 아니라 남녀노소 모두가 공감할 만한 깊이와 감동을 간직하고 있지요. 앞으로도 계속 어린이 친구들의 사랑을 독차지할 책이 되기를 소망합니다.

— 김이삭 (동시집 『여우비 도둑비』의 시인)

마음의 연못에서 건져 올린 시

시인의 마음에는 연못이 있다. 빛을 간직한 채 길 잃은 별을 담는 연못이다. 그 연못에서 간종간종 건져 올린 시들이 『거인들이 사는 나라』로 묶였다. 시집에서 시인은 진지하고 성숙한 어른 화자와 솔직하고 다정한 어린 화자 사이를 오간다. 어린 화자는 가슴에 반짝이는 것들을 올망졸망 품고 있다. 그래서 '반바지 입은 선인장'도 되고, '고운 노래주머니'도 되고, 능청스런 장난꾸러기도 된다. 엉뚱한 걱정거리로 끙끙대기도 하고, 혼자서 외로움을 삼키기도 한다. 거인 같은 어른들 때문에 때로 속상하고 때로 화가 나 '단 하루만이라도 어른들을 거인국으로 보내'는 상상을 하면서도, 엄마를 떠올리면 '마악 피어난 꽃처럼 환한 얼굴'이 되고 만다. 어린 화자가 보여 주는 솔직한 마음과 엉뚱한 상상 속에 동심이 동당거린다. 30년 동안 한결로 사랑받는 이유일 터이다.

— 오주영 (동화 『빨간 여우의 북극 바캉스』의 작가)

딸아이 책꽂이에서 발견한 시집

동시는 별자리입니다. 시인이 이름과 이야기를 지어 준 별자리. 이름을 얻게 된 별들은 아름다운 상상을 더하여 우리를 초대하지요. 별의 빛깔과 반짝거림이 다르게 보이는 것은 다른 이름을 불러 주기 때문입니다.

『거인들이 사는 나라』에서 반짝거리는 별들을 만났습니다. 푸른 초원에 누워 바라보니 손에 잡힐 듯 가까이에서 흐르고 있어요. 크고 작고 멀리 가까이, 하나 아니면 둘, 셋, 여럿이 모여 이야기를 들려줍니다. 소곤소곤 이야기는 마음에 들어와 오래 반짝거리지요.

딸아이 책꽂이에서 『거인들이 사는 나라』를 발견하고 정말 반가웠습니다. 물론 신형건 선생님을 알게 된 후 관심 어린 눈이 되었을 때의 일입니다. 〈푸른책들〉의 책 스무 권 중 열여섯 번째 자리에 꽂혀 있었어요. 그동안 보이지 않던 것이 눈에 띄다니.

별자리를 찾아가며 별이 들려주는 이야기에 빠집니다. 멀리 있는 별이, 작은 별이 어쩜 이리 잘 보일까요. 같은 이야기도 읽는 마음에 따라 다르게 반짝이겠죠. 오늘 별빛은 유난히 더 반짝거립니다.

—**김양희** (시집 『넌 무작정 온다』의 시인)

이름을 아는 세계

무려 10년도 더 된 일이다. 지금은 십 대가 된 큰 아이가 돌이 될 즈음, 한 권의 책을 매일같이 반복해서 읽어 주던 적이 있었다. 『사랑해 사랑해 사랑해』(보물창고, 2006)라는 그림책이었는데, 도대체 기호를 가늠할 수 없는 아기들에게도 반응이 아주 좋아 엄마들 사이에선 '국민 그림책'이라 불리곤 했다. 아기를 무릎에 앉히거나 팔에 안고 '사랑해 사랑해'가 반복되는 문장들을 소리 내어 읽다 보면, 입에서 굴려지고 가슴으로 전해지는 온기에 마음이 따뜻하게 부푸는 힘이 있었다. '마음 깊은 곳부터/온몸 구석구석까지 너를 사랑해'라는 구절이 나오면 서로 간질이며 어김없이 깔깔 웃었고, 말이 통하지 않는 아기와도 한 권의 책으로 마음을 나눌 수 있었다.

정말 좋아한 책이었기에, 원서가 궁금해서 따로 사 보았다. 그리고 조금 당황했다. 원제는 『I Love You Through and Through』(Cartwheel, 2005)였으며 우리가 가장 좋아했던 구절은 'I love your inside/and outside.(너의 내면과 외면을 사랑해)'였다. 분명히 대구가 되는 온전한 문장이지만, 원문과 같이 읽어 주었다면 돌쟁이 아기가 웃었을까. 나라면 원제목을 어떻게 번역했을까. '너의 하나부터 열까지 모두 사랑해'라는 원문의 틀에 매이지 않았을까. 그 후에, 아이와 내게 행복한 추억을 남겨 준 이 완전한 번역이 신형건 선생님의 것이라는 걸 알게 되었다.

말이 트이지 않은 아기를 말로써 웃게 한다면, 그건 노래의 몫일 것이다. 그 노래가 시 「조약돌의 노래」 속 골짜기 맨 꼭대기의 옹달샘에서 퐁퐁 솟아 나오는 것을, 나는 보았다. 작품집 속 무엇 하나 부르지 않고 넘어갈 시가 없지만, 이 동그란 조약돌들의 생애는 유독 마음을 끈다. 각을 세우며 서로 목소리 높였을 우리, 까닭 없이 툴툴거리기만 하다 아우성치며 떠내려가는 우리… 마침내 부딪는 것을 받아들이고 서로 토닥여주게 되자 평온해진 입에서는 자연스레 노래가 흘러나오게 되는데, 그건 다름 아닌 '이름'이다. '돌돌돌돌…' 돌고 돌아 마침내 찾아낸 제 이름은, 이렇게나 맑은 노래가 되었다!

시인의 언어를 통해 심상은 노래가 되고 노래는 원형에 닿아 제 이름을 찾아낸다. 신기한 일이 아닐 수 없다. 시로써 제 이름을 깨닫는다는 것이. 시이므로, 가능하다. 마음을 담아 몇 번이고 반복해 부르면 이름이 된다. 그리고 제 이름을 아는 이에게는 또 다른 세계가 열린다. 물새알처럼 둥근 조약돌처럼, 독자에게도. 이토록 명징한 가능성, 『거인들이 사는 나라』 안에서는 다들 제 이름을 알고 있다. 이름만 안다 뿐일까, '넌 어때?', '네 이름은 뭐야?' 자꾸만 질문한다.

그러게, 내 이름은 뭘까? 여기 환하고도 신기한 세계를 따라가다 보면, 내게도 보일까? '그때, 어른들은 무슨 생각을 하게 될까?'(「거인들이 사는 나라」) 하는 질문에 같이 궁금해지는 건, 내가 어른임을 잊었기 때문일까. 「거인들이 사는 나라」 속 아이에게 풍덩 빠져 버렸기 때문일까.

처음 동시를 쓰면서 스스로에게 던졌던 질문들은 종종 꼬리에 꼬리를 물곤 했다. 좋은 동시란 어떤 시일까, 무엇을 담아내야 할 것인가. 신형건 선생님은 가장 기초적인 질문조차 기꺼이 받아 주시곤 했는데, 곱씹어 보면 선생님의 시와 많이 닮아 있다. 사려 깊고, 깊은 통찰로 핵심을 짚어 주시면서도 듣는 이가 기쁘게 더 넓은 세계로 향할 문을 열어 주시는. 지금 깨닫지만 내 질문의 답에 대한 실마리 역시 이 한 권의 동시집에 다 담겨 있었다. 놀라운 것은, 『거인들이 사는 나라』가 선생님의 첫 동시집이었으며 30년이 지난 지금도 색이 바래지 않았다는 것이다.

— 이근정 ('푸른 동시놀이터' 앤솔러지 『초록 안테나』 수록 시인)

거인들이 사는 나라

특별판 1쇄 2020년 12월 30일
지은이 신형건 | 그린이 강나래, 안예리
펴낸이 신형건 | 펴낸곳 (주)푸른책들 · 임프린트 끝없는이야기 | 등록 제321-2008-00155호
주소 서울특별시 서초구 양재천로7길 16 푸르니빌딩 | 전화 02-581-0334~5 | 팩스 02-582-0648
이메일 prooni@prooni.com | 홈페이지 www.prooni.com
인스타그램 @proonibook | 블로그 blog.naver.com/proonibook
ISBN 978-89-6170-798-5 03810